AGATHA CHRISTIE

克莉絲蒂

克莉絲蒂120誕辰紀念版・全球暢銷TOP12

阿嘉莎・克莉絲蒂著

遠流出版公司

克莉絲蒂120誕辰紀念版 2

東方快車謀殺案

作者　Agatha Christie
譯者　陳堯光
特約編輯　趙貞儀
封面設計　張士勇工作室
主編　余式恕
企劃經理　金多誠
出版一部總監　王明雪

發行人　王榮文
出版發行　遠流出版事業股份有限公司　100 台北市南昌路二段81號6樓
郵撥 / 0189456-1　電話 / (02)23926899　傳真 / (02)23926658
著作權顧問　蕭雄淋律師
法律顧問　董安丹律師
2002年2月1日　初版1刷
2010年8月1日　二版1刷
行政院新聞局局版臺業字第1295號
定價　新台幣280元（缺頁或破損的書，請寄回更換）

ISBN　978-957-32-6671-6
YLib 遠流博識網 http://www.ylib.com　E-mail: ylib@ylib.com
遠流謀殺天后AC粉絲團 http://www.facebook.com/ylib.AC2010

Murder on the Orient Express

獻詞

阿嘉莎・克莉絲蒂是世界讀者最眾，也最廣受喜愛的女作家。
身為克莉絲蒂的孫兒，我相信奶奶會非常樂見這次出版，
因為她極以自己作品中的趣味與娛樂性為豪。
歡迎所有喜歡本系列的台灣新讀者參與這場饗宴！

～馬修・培察～

Agatha Christie is the most widely read
and, more importantly,
the most widely enjoyed authoress in the world.
As her grandson, I can tell you
that she would have been delighted about this,
as she was very proud of the entertainment
and enjoyment her books provided.
I would like to welcome all the new readers
in Taiwan this series will attract. You are in for a treat!

~Mathew Prichard~

通俗是一種功力

吳念真（導演、作家）

通俗是一種功力。絕對自覺的通俗更是一種絕對的功力。

這樣的話從我這種俗氣的人的嘴巴說出來，大概很多人要笑破褲底了。

不過，笑完之後請容我稍稍申訴。這申訴說得或許會比較長一點，以及，通俗一點。

小時候身材很爛，各種遊戲競爭完全任人宰割，唯一隱遁逃避的方法是躲起來看書或聽大人瞎掰。那年頭窮鄉僻壤的小孩能看的書不多，小學二年級時最喜歡的是超大本的《文壇》，老師借的。看著看著，某天老師發現我的造句竟出現：「捧著：朝陽捧著一臉笑顏為羣山剪綵」這樣亂七八糟的文字，就拒絕再讓我看那些超齡的東西了。

老師的書不給看，我開始抓大人的書看。一種是厚得跟磚塊一樣的日文書，對我來說那完全是天書，不過插圖好看，經常有限制級的素描。另一種書是比較薄的，通常藏得很嚴密，只是，裏面有太多專有名詞、重覆的單字和毫無限制的標點，比如「啊啊啊」、「……！！」老讓我百思不解。有一天，充滿求知慾地詢問大人竟然換來一巴掌後，那種閱讀的機會和樂趣也隨著消失了。

所幸這些閱讀的失落感，很快從大人的龍門陣中重新得到養份。講到這裏，我似乎先得跟一個村中長輩游條春先生致敬，並願他在天之靈安息。

我所成長的礦區，幾乎全是為著黃金而從四面八方擁至的冒險型人物，每人幾乎都有一段異於常人的傳奇故事。這些故事當事人說來未必精采，但一透過游條春先生的嘴巴重現，有時連當事人都聽得忘我，甚至涕泗縱橫，彷彿聽的是別人的故事。

條春伯沒當過日本兵，可是他可以綜合一堆台籍日本兵的遭遇，一如連續劇般從入伍、受訓、逃亡荒島，面對同鄉同袍的死亡，並取下他們的骨骸寄望帶回故鄉，乃至骨骸過多搞不清哪是誰的等等，讓聽的人完全隨他的敘述或悲或笑，彷彿跟他一起打了一場太平洋戰爭。此外他也可以把新聞事件說得讓一個三、四年級的小孩，到現在仍記得當時腦中被觸動的畫面。例如當年榴公圳分屍案的兇手做案之後帶著小孩到安東街吃麵（這讓我一直以為台北的安東街是條專門賣麵的街道），還有甘迺迪總統被暗殺，賈桂琳抱住她先生，安全人員跳上飛快的車子保護賈桂琳……當然，這記憶全來自條春伯的嘴巴而不是報紙。我的記憶全是畫面，有畫面，是因為條春伯說得精采，說得有如親臨他至死都還搞不清地理位置的達拉斯命案現場。

於是這小孩長大後無條件地相信：通俗是一種功力，絕對自覺的通俗更是一種絕對的功力。透過那樣自覺的通俗傳播，即使連大字都不識一個的人，都能得到和高階閱讀者一樣的感動、快樂、共鳴，和所謂的知識、文化自然順暢的接軌。也許就是因為這些活生生的例子，俗氣的自己始終相信：講理念容易講故事難，講人人皆懂、皆能入迷的故事更難，而，能隨時把這樣的故事講個不停的人，絕對值得立碑立傳。

條春伯嚴格地說是有自覺的轉述者，至於創作者，我的心目中有兩個。一個是日本導演山田洋次，一個是推理小說家阿嘉莎．克莉絲蒂。

山田洋次創造了寅次郎這個集合所有男人優點跟缺點的角色，在以〈男人真命苦〉為名的系列下，總共完成百部左右的電影。它們的敘述風格、開頭、結尾的方法不變，唯一改變的是故事、是時代、是遍歷日本小鄉小鎮的場景。數十年來，看〈男人真命苦〉幾已成為日本人每年的一種儀式，一如新春的神社參拜。

四年前訪問過山田導演，他說，當他發現電影已然有它被期待的性格時，電影已經不是導演自己的。他說：當所有人都感動於美人魚的歌聲時，你願意為了讓她擁有跟你一樣的腳，而讓她失去人間少有的嗓音嗎？

人間少有的嗓音與動人的歌聲，都來自山田導演絕對自覺的通俗創造。

再如阿嘉莎・克莉絲蒂，如果我們光拿出她說過的故事和聽過她故事的人口數字，就足以嚇死你。五十多年的寫作生涯，她總共寫出六十六本長篇推理小說，外加一百多篇短篇小說和劇本。其中有二十六本推理小說被改編，拍了四十多部電影和電視劇集。作品被翻譯成七十種文字的版本，銷量超過二十億本。夠了。你還想知道什麼？知道二十億本的意義是什麼嗎？

二十億本的意義是全世界平均三個人就有一個人讀過她的書，聽過她說的故事。

說來巧合，她和山田洋次一樣，創造出個性鮮明的固定主角（當然，前前後後她弄出來好幾個），然後由他（或是她）帶引我們走進一個犯罪現場，追尋真正的罪犯。

故事就這樣？沒錯，應該說這是通常的架構。那你要我看什麼？不急，真的不急，克莉絲蒂會慢慢冒出一堆足夠讓你疑惑、驚嚇、意外，甚至滿足你的想像力、考驗你的耐心和智商的事件來。

推理小說不都是這樣嗎？你說得沒有錯，大部份是這樣，不一樣的是……對了，她像條春伯，像山田洋次，她真會說，而且她用文字說。

文字的敘述可以讓全世界幾代的人「聽」得過癮，「聽」個不停，除了聖經，也許就是克莉絲蒂。她不是神，但她真的夠神。

十幾二十年前，台灣剛剛出現她的推理系列中譯本，那時是我結婚前，常有同齡的文藝青年來我租住的地方借宿，瞄到我在看克莉絲蒂，表情詭異地說：「啊？你在看三毛促銷的這個喔？」

我只記得他抓了一本進廁所，清晨四點多，他敲開我的房門說：「幹，我實在很討厭那個白羅……再拿一本來看看，我跟你說真的，要不是你的書，我真的很想把那個矮儸壓到馬桶吃屎！」

我知道他毀了，愛吃又假客氣，撐著尊嚴騙自己。克莉絲蒂再度優雅地撕破一個高貴的知識份子的假面具，她的手法簡單，那手法叫通俗，絕對自覺的通俗，無以倫比、無法招架的功力。

昔日的文藝青年如今跟我一樣，已然老去，但不時還會看到他寫一些充滿理念和使命感極重的文章，在報紙和雜誌上出現。我知道他要說什麼，只是常常疑惑他想跟誰說；同樣，我記得他說過什麼，但轉眼間忘記他說了什麼。但請原諒我，二十年前那個晚上，他在我家看完的那兩本克莉絲蒂的小說內容，我可還記得清清楚楚。

也許有一天再遇到他的時候，我會問他，之後是否還看過克莉絲蒂其他的書，如果沒有，我會跟他說，想讀要趁早，因為你會老，會來不及。至於白羅那個矮儸，大概永遠不會消失。哦，對了，還有一個叫瑪波，你說不定會來不及認識……

少有破綻的一流推理作家

李家同（靜宜、暨南、清華大學榮譽教授）

在西方推理小說家中，有兩位推理作家是我認為最傑出的。一位是阿嘉莎・克莉絲蒂（Agatha Christie），一位是約翰・狄克森・卡爾（John Dickson Carr）。兩人都非常擅長於佈局，情節的設計絕少破綻。

克莉絲蒂有幾本書令人印象極深，首先是《謝幕》。它的層次已帶有哲學的意味，解釋什麼叫做犯罪。一般都認為犯罪就是代表犯了法，可是她在這本書中對犯罪的解釋是超過了法律的境界。她解釋了什麼叫做所謂「perfect crime」（完美的犯罪）。perfect crime的定義就是，你明明知道一個人做錯了事情，卻無法對他繩之於法。在歷史上，很多作家都想挑戰寫出perfect crime，但都沒有成功，包括美國羅斯福總統都曾嘗試過。而克莉絲蒂對perfect crime的解釋特別與人不同。對她而言，一個人沒有親自動手，卻唆使別人犯下罪惡，就是犯罪，例如發動戰爭的人，雖然沒有親自上戰場殺人，卻引發數百萬人喪失生命。但很遺憾的，很多人並沒有注意到這點。

而一般人耳熟能詳的《東方快車謀殺案》，在我看來，最有趣味的地方在於，它巧妙地利用了人在語言上的破綻及溝通上習慣的不同，讓白羅精采地破了案。

古典推理派的作家都有一個共同特色，就是對破案的關鍵都會給予解釋，絕非神來之筆，這跟現代的推理小說很不一樣。克莉絲蒂小說中的偵探永遠可以在玄機當中，或者自相矛盾的說法中，找出破綻。譬如前面明明說「我喜歡住在這裡，因為姐姐就住在這裡」，後來卻說「我會繼承遺產是因為我沒有家人」。要成為好的推理小說，有一點很重要，就是偵探不可以無緣無故說某人犯了罪；再者，他所要揭發的證據，之前就應該佈設在故事裡。偵探一定要解釋他為什麼開始懷疑、他搜集的證據是什麼，以及他為什麼要排除掉這個人或那個人的嫌疑，這些都要解釋清楚。現在的小說因為較缺乏這類的說明，就比較不能訓練人的邏輯思考能力。

我第一次看克莉絲蒂的推理小說《一個都不留》，是在飛機上看的。克莉絲蒂不能說百分之百沒有設計上的漏洞及破綻，但是非常的少。每次看她的書，我都會盡量設法抓她的漏洞，然而幾乎是沒有。其實克莉絲蒂設計的劇情都非常有趣，每次一開頭，就會讓你覺得「喔，怎麼會有這樣的事」而吸引你。像《謀殺啟事》，就是史無前例地有趣。書一開頭就公開佈告「某天晚上幾點，有人會被謀殺」，這就足夠吊人胃口了；而它破案的關鍵，更是非常之有趣——就只是「花枯掉了」這麼簡單的一件事。不僅如此，她還有許多其他絕妙的點子。我跟我學生討論過書中「某個在黑暗中射擊」的問題，我覺得有個破綻，但我學生說還是解釋得過，大家不妨去研究看看。

克莉絲蒂的整體佈局十分細膩，最後案情也都講解得非常詳細，回頭去看，在書中都找得到線索。故事的情節與內容也很好看，不是像一個流氓在街上被殺掉那麼單調。

克莉絲蒂創造了超過上百個故事，其中幾乎沒有重複的劇情，這點很不容易做到。她的小說流暢的程度，大概國中生來閱讀都不是問題。

大家在讀克莉絲蒂的小說時，最有趣的讀法，就是盡量去抓它的破綻。像我讀推理小說的習慣，就是對偵探所公佈的結局，都要求能解釋清楚。如果不能說得出為什麼，或沒做解釋，在我心目中就不是好的偵探小說。而且他所揭露的線索，要能在書中找得到；解謎者不能說「它們都放在我的腦子裡」。所以偵探的學識不能太淵博，他知道的也是要在一般人的理解範圍之內。

看小說應該要花腦筋，要思考，從小就要養成思辨的能力，競爭力才會強。看推理小說就能培養這種能力。當老師拿一個推理問題問學生，問漏洞在哪裡，而他解釋得出來，那就表示他對這件事有個完整的邏輯思考了。

所以我都會要求學生看克莉絲蒂的小說，要他們去思考故事中合理或者不合理之處在哪裡。

看她的小說，就是對邏輯思考能力極佳的訓練。

克莉絲蒂沒有寫的故事

——白羅先生與瑪波小姐的星空較勁

景翔（著名影評人及推理評論）

有「推理女王」封號的阿嘉莎·克莉絲蒂生前對她自己的小說改編成電影一事非但不很熱中，甚至頗多批評。根據克莉絲蒂《捕鼠器及其他》劇本集中，依拉·李文所寫的序文裡說到，克莉絲蒂之所以由小說轉而寫劇本的原因是「有些編劇家把她的小說改編搬上舞台，讓她覺得他們錯在太貼近原著……」她在自傳中曾說：「偵探小說和劇本大不相同，情節極為繁複，通常都有很多人物和誤導的線索，必然會使人混淆，也會負擔太重，應該加以簡化才對。」這很可能也正是克莉絲蒂對她作品改編成電影所持的看法。

但儘管如此，依據「世界電影網」的統計，作品搬上電影電視大小銀幕數量最多的歐美作家中，克莉絲蒂卻是穩佔鰲頭第一名。而她的所有小說中，似乎只有《四大天王》、《問大象去吧！》和《謝幕》還沒有改編成影視作品。

以名探或系列主角來說，克莉絲蒂筆下不少於六、七位。不過以出現的次數來看，白羅與瑪波小姐最多，也最為人熟知。而這兩位名探在銀幕上都有過好幾位藝人扮飾，當然，銀幕形象和讀者從書本中所得到的印象，多少都有相合或不盡相同之處，就看讀者和觀眾個人的看法了。

雖然白羅是克莉絲蒂所創的第一個偵探（她於一九二〇年發表的處女作《史岱爾莊謀殺案》便是白羅擔任主角），而瑪波小姐的出現要晚上十年（一九三〇年的《牧師公館謀殺案》），但在大小銀幕上，瑪波小姐反而領先多了。在五〇年代，美國電視就播映過受英女王封過爵位的葛麗絲·費爾茲（Gracie Fields）主演的「謀殺啟事」。不過一直到一九六二年，瑪波小姐才躍登大銀幕，演出《殺人一瞬間》改編的「目擊謀殺」。但引起轟動的是女主角瑪格麗特·羅斯福（Margaret Rotherford），這位老演員多年來一直活躍於倫敦舞台，在影片中個人表演光芒也掩蓋了瑪波小姐這個角色，使克莉絲蒂看後大為不滿，可是一般觀眾偏偏喜歡羅斯福那種誇張式的喜鬧劇表演方式，因此她連續主演了好多部瑪波小姐系列影片，內容則和原著愈來愈遠。

克莉絲蒂筆下的瑪波小姐其實不是一個偵探，她只是思路縝密，人生閱歷豐富，見事往往能一針見血，即使讀者和警方忽略的事，也能讓她一語中的。大部份的書裡，她通常只站在故事背後，而讓警方來做所有的偵查工作，有時甚至一直是配角地位，最後才出面解決全案。但是羅斯福飾演的瑪波小姐卻始終站在主導地位，甚至把白羅探案改成以瑪波為主角，或是自編劇本，難怪克莉絲蒂要大為不滿了。

接下來扮演瑪波小姐的是安琪拉・蘭絲貝蕾（Angela Lansbury），她很有個人魅力，而且聰明伶俐，只是扮相太年輕、太活潑，也太美國化，不像英國鄉下的老姑婆。

八〇年代初，BBC籌畫新的瑪波系列，找到並不很有名的性格女星瓊安・希克森（Joan Hickson），結果大為成功。希克森的演技內斂而不濫情，極為貼合原著中的形象。生於一九〇六年的她，由七十八歲演到八十六歲，也是有史以來飾演瑪波小姐的演員中，年齡最老的一個。其後的基拉婷・麥克伊旺（Geraldine McEwan）評價一般；茱莉亞・麥肯錫（Julia Mckenzie）則被譽為是希克森之後最佳的瑪波小姐。

至於另一位神探白羅，最早出現在一九六二年從《羅傑・艾克洛命案》改編的「不在場證明」中，由奧斯汀・屈佛（Austin Trevor）飾演白羅，他後來還演了「十三人的晚宴」和以舞台劇搬上銀幕的〈純咖啡〉。同樣在一九六二年，電視上則有馬丁・蓋博（Martin Gabel）演出白羅，和瑪波小姐比起來，那個時候白羅的聲勢似乎弱了些。其後亞伯・芬尼（Albert Finney）和彼德・尤斯汀諾夫（Peter

Ustinov）才讓白羅風光了一陣。

亞伯・芬尼事實上只演過一次白羅，就是在「東方快車謀殺案」裡，卻讓人覺得不做第二人想，真如同從克莉絲蒂的書裡走出來的。他把白羅的沉著與慧黠表現得入木三分，造型和那口法國腔的英語更使形象鮮活。當然這部影片的演員陣容堅強，每個人都展現了精采的演技，更使得那部影片成為經典之作（後來在二〇〇一年美國電視重拍此戲，成績自然難以相比，編導把故事「現代化」，卻弄得非驢非馬，極為失敗）。

「東方快車謀殺案」叫好又叫座，使影片公司決定乘勝追擊，使用同一位編劇和製作團隊，在服飾、外景和佈景、道具等方面更加考究地拍攝「尼羅河謀殺案」，由彼德・尤斯汀諾夫來扮飾白羅。

在造型上，高大肥胖許多的尤斯汀諾夫，除了鬍子之外，和亞伯・芬尼可說是大同小異。而在性格表現上，尤斯汀諾夫比較「外放」，因而「娛樂性」大過「戲劇性」。然而這種輕鬆的演法卻很得觀眾喜愛，因此他又拍了「豔陽下的謀殺案」和「死亡約會」等兩部電影，以及「十三人的晚宴」、「弄假成真」和「三幕悲劇」等三部電視影片。也有觀眾覺得他是相當好的「白羅」。不過江山代有才人出，英國公共電視網從一九八九年起製作「神探白羅」系列，到目前已經進入第十二季，至少播映了六十五集，擔綱主演的演員是大衛・蘇契（David Suchet），他的造型很接近原著中的描述，在演出的方式上則介於亞伯・芬尼的「內斂化」與彼德・尤斯汀諾夫的「外放」之間，感覺上比較自然，口音方面不如亞伯・芬尼那樣強調，因此一般觀眾認為大衛・蘇契現在是最好的「白羅」，甚至有很多人認為，如果克莉絲蒂能看到蘇契的演出，應該也會認為這就是她所寫的白羅了。蘇契能連演十二季，始終大受歡迎，這樣的讚譽，應該也不算過當了吧。

當然除了主角是白羅和瑪波小姐外，克莉絲蒂還有其他的著作改編成影視作品，像短篇小說〈檢方證人〉改編而成的「情婦」等，都是令人難忘的佳作。如此看來，克莉絲蒂還真不必太在意少數她不滿意的改編作品，畢竟很多「觀眾」還是會變成「讀者」的。

謀殺之後必有愛情

袁瓊瓊（名作家）

「沈默的羔羊」（*The Silence of the Lambs*）可能是第一部使用罪犯側寫技術（Criminal profiling）的影片，FBI探員克莉斯・史塔林透過食人魔醫師漢尼拔・萊克特的「教導」，揣摩連續殺人狂「野牛比爾」的心態，最終將野牛比爾擒獲。

這部影片在一九九一年上映，直到目前依舊是犯罪影片的經典。「沈默的羔羊」之後，無數電影和電視劇開始在影片中使用「側寫」技術。這門由FBI研究發展出來的破案「工具」，現在幾乎全世界的執法單位都或多或少在使用著，包括台灣，並且成效卓著。「側寫」技術可以由犯罪現場去反推兇手的意圖，甚至背景、相貌、年紀、身分，而且準確度相當高。之可以這樣神乎其技，依賴的是龐大的罪犯資料庫。FBI利用統計學，歸納出罪犯的特定行為模式，之後再以此模式去揣摩兇手心理，進而預測，甚或誘導兇手露面，達成逮捕的目的。

阿嘉莎・克莉絲蒂過世於一九七六年，極有可能不知道這門技術，但是奇妙的便是，事實上，在FBI之前，克莉絲蒂在她的作品中早已在使用「側寫」。

當然，不像FBI表現得那樣正式與嚴謹，而且，所謂的「罪犯資料庫」，也只存在於偵探赫丘勒・白羅和珍・瑪波小姐的腦袋中，也就是白羅愛說的，「我那小小的灰色腦細胞」裡。兩個人的辦案方式，一憑經驗，一憑直覺。而直覺，科學研究已同意那其實也是經驗的累積，只是超越了呆板的邏輯，用跳躍和直指人心的方式表現而已。

兩位名探的亮相距今都已數十年。白羅第一次出現是一九二〇年的《史岱爾莊謀殺案》，而瑪波則是一九三〇年的《牧師公館謀殺案》；雖然兩個人都「活」在上一世紀，好像應該是老古董，但是說實話，兩個人的辦案手法，非常現代感。除了沒有那些科學儀器和現代裝置，其實就是「古早版」的CSI，或「法律與秩序」（*Law & Order*）。

他們的辦案程序，跟目前的警方非常相像。同樣注重犯罪現場的完整性（不像可憐的福爾摩斯多半面對的都是被干擾過的現場），同樣在犯罪現場蒐集證據、尋求專家鑑識、詢問證人、檢驗事證……或許全世界的偵探都是這樣辦案的，包括中國「包公案」裡的包公、「彭公案」裡的彭公，但是兩位主角的獨特之處，是他們對於罪犯以及被害者心理狀態的掌握。

白羅尤其喜歡「現場重建」。每每在揭發兇手之前，他會把整個犯案過程鉅細靡遺的交代一遍。他的虛擬式「現場重建」的精妙處，不在於讓大家看到了罪行的完整過程，而在於把所有線索放置到「應該的位置」；他補充了沒有被看見、被聽見的部份，還原了兇手與被害者的心態和想法，就如同他在現場一般。

而瑪波通常運用的則是直覺。瑪波常說：「我不會輕易相信人家告訴我的話。」這似乎表示她對於人性缺乏信心，然而她之所以不相信，其實不是不信任人性，而是肯定人是會犯錯的。因此，任何人的任何說法，她必定要自己實際看到，並且驗證了，才會相信。

瑪波不大來現場重建，她與白羅的差異，正顯現了克莉絲蒂的才華所在。這兩個克莉絲蒂系列中最傑出的偵探，無論是辦案手法或生活方式都迥然兩樣，幾乎像是不同的作者所創造出來的。

瑪波的才能是，她總是可以看出人性中的幽微之處。例如《藏書室的陌生人》，她推斷死者不是去見男友，因為女孩子去見情人一定會裝扮得美美的，而藏書室的死者雖然精心化妝，卻穿了件舊衣服。而《殺人一瞬間》，卻是因為犯罪者不同尋常的積極使她產生疑惑。一個與案情沒有直接關係的人，卻不斷地提供破案線索，這不合情理。

這位老太太完全是用人情世故來斷案。她的作法不像白羅，白羅多半是觀察到事件中的不合理，而找到了使整個事件合轍押韻的那一塊拼圖之後，便破案了。瑪波則是：「這種情況下這個人不該是這種作法。」她對人情世故的觀察，其細微與周到之處，既有趣味，也有智慧。

瑪波與白羅兩個人，正好是女性辦案和男性辦案的兩種典型。瑪波非常溫暖，從情感出發，而白羅則異常理性，以邏輯界定一切。

據說克莉絲蒂不太喜歡白羅，因此在《謝幕》裡安排了白羅的死亡，但是瑪波小姐只是告老還鄉。克莉絲蒂留給世人永久的想像：在白羅之後，克莉絲蒂之後，珍・瑪波小姐依舊在聖瑪莉米德村裡蒔花養草，喝她的下午茶，曬著太陽，打打毛線，逗弄腳邊的小貓小狗，偶爾與鄰舍朋友串門子。她永恆存在，從過去到未來。

《ABC謀殺案》裡，白羅的好友亞瑟・海斯汀記述了白羅的一句話：「愛情往往是犯罪事件的副產品。」這個觀念竟是白羅說出來的，實在有趣。因為白羅幾乎不涉愛情。他一生都是光棍，雖然有暗戀對象，克莉絲蒂卻硬是讓他「流水有意，落花無情」。

我不以為這是因為白羅的年紀或相貌，因為克莉絲蒂的作品裡，也還是有年歲一大把愛得死去活來的角色。可能的原因，或許可以用白羅的另一句話來做解釋。某一本白羅探案裡，他說過：「太聰明的人碰不到愛情。」他可能是在隱喻

「戀愛讓人愚蠢」，也可能只是為自己與愛情絕緣解嘲。

多數的偵探，尤其是硬漢型偵推作品，主角一定會有或多或少的豔遇，但是白羅從來沒有。愛情都是兇手或被害者，或嫌疑犯，或關係人身上發生的事。從過去到現在，愛情或豔遇，對男性比女性寬容。我們難以接受高齡女性的戀愛故事（沒有人會期待珍・瑪波小姐的豔遇），但是通常可以接受男人的，所以白羅這樣清淨不染，不能不算是偵探中的異類。

他自己雖然沒有這一類的際遇，卻似乎非常能夠理解愛情。事實上，在他辦案之時，白羅甚至偶爾會插手他人夫妻的家務事，自然，以一種微妙的方式，他在《史岱爾莊謀殺案》裡挽救了一樁婚姻，在《底牌》裡搓合了一對陌生男女，更在《藍色列車之謎》中，點醒女主角自己的真正所愛。白羅這種「月老」性格幾乎是不自覺的，在克莉絲蒂，給了他這種性格，可能也是不自覺的。白羅是邏輯理性其外，內在卻感情豐富，甚或也期待或渴望愛情；從不去觸碰，可能是不容許自己被拒絕，因此成為愛情的旁觀者。

身為偵探小說作者，克莉絲蒂一生卻有一件從未破案的謎團，那就是她一九二六年的失蹤事件。這一年她三十六歲，出版過一本詩集、七本小說，說不上大紅大紫，卻也小有文名。她已婚十二年，有個七歲女兒。看上去事業與家庭都有所成，然而卻在十二月的一個冬天晚上，駕車離家，就此失蹤。

警方在一個白堊礦坑裡發現她的車子，但是車內無人。阿嘉莎生死成謎，全國都懷疑她已經遇害；卻在十一天後，她本人出現在離家極遠的 Harrogate 某家旅店裡。

這件事情的離奇，與她自己的小說不遑多讓。阿嘉莎事後說明是受到丈夫外遇和母親過世的雙重打擊，情緒崩潰，離家出走，之後便得了遺忘症。

這或許是事實，但也可能是阿嘉莎最為拙劣的一次虛構。總之，這個奇妙的答案沒有說服世人，但是因為她不解釋，我們被迫接受事實便是如此。

阿嘉莎的感情歷練不多，一般所知的，只有兩段，失蹤事件兩年後，她與丈夫離婚，又兩年後再婚。這一段四十歲才展開的第二春非常幸福，她與第二任丈夫白頭到老。她最精采的作品多數在第二段婚姻中完成的。

克莉絲蒂是經歷過感情中的背叛與傷痛的，但是也同樣經歷過感情的復原與重拾信任。因此她對待感情，有一種瞭暢明澈。她知道愛情的可靠與不可靠、可貴與不高貴。這次重看這十二本精選集，才發現，幾乎每一本，裡頭都有一段純情之戀，雖然她在其中也安排了醜惡和功利的愛情，但是仍然有美好真摯、一無所求的純愛。

如同白羅所說：「愛情往往是犯罪事件的副產品。」這句話可有兩解：一是謀殺事件的背後往往是因為某種愛情。另一是：謀殺事件發生之後，偶爾也會觸發某

些人產生愛情。而通常，不誠實的感情會被揭發，真誠的感情則得到美麗歸宿。

或許，身為女性，雖然被公認是冷靜且理性的謀殺天后，但是在理性之下，克莉絲蒂的底色依舊是感情。女人是感情史觀的，沒有事件能脫離感情。克莉絲蒂很明白，所有的慾望之後，都無非是某種愛情。在以性命相搏的犯罪世界裡，兇手以終結他人的性命來遂其私欲，不過是為了成全自己的愛，或者是成全自己的恨。

藏在日常細節中的冒險

楊照（《新新聞周報》總主筆、評論家）

一開始，就都在那裡了。

一九二〇年，阿嘉莎．克莉絲蒂出版了《史岱爾莊謀殺案》，神探白羅就已經退休了。而且在這個案子裡，藉由敘述者海斯汀的轉述，就鋪陳出克莉絲蒂小說最基本的偵探原則：

「那些看來或許無關緊要的小細節……它們才是重要的關鍵，它們才是偉大的線索！」

「豐富的想像力就像洪水一樣，既能載舟亦能覆舟，而且，最簡單直接的解釋，往往就是最可能的答案。」

「沒有任何謀殺行為是沒有動機的。」

還有，一個不討人喜歡的死者，一群各有理由不喜歡死者、因而也就都有殺人動機的人，這些人彼此之間構成複雜的關係，有的互相仇視、有的互相愛戀，麻煩的是，有些愛人其實貌合神離，有些仇人其實私下愛慕；更麻煩的是，不論是愛或是仇，都有可能是扮演出來的。

一個外來的偵探，必須周旋在這些嫌疑者之間，從他們口中獲取對於案情的了解，換句話說，他必須在很短的時間內，搞清楚誰是誰，誰跟誰吵架，誰跟誰偷情，然後判斷誰說的哪一句是實話，哪一句是謊言。常常謊言比實話對於破案更有幫助。

再偷偷透露一下，希望不至於影響閱讀推理的樂趣，也是從《史岱爾莊謀殺案》開始，克莉絲蒂由英國社會塑造的階級觀念就發揮作用了，基本上，僕人、園丁說的話遠比有頭有臉的人說的，可信多了。就算要說謊，僕人、園丁的謊言也往往比較天真，而且往往出於善良動機。

《史岱爾莊謀殺案》出版那年，克莉絲蒂三十歲，不過書稿其實早五年前就寫好了，但畢竟要找到有人願意出版一個看來再平凡不過的家庭主婦寫的小說，不是那麼容易。

所有和克莉絲蒂接觸過的人，都對於她的「正常」留下深刻印象。她看起來就和她那個年紀的典型英國家庭主婦一樣，害羞、靦腆，只能在社交場合勉強跟人聊些瑣事話題，完全無法演講，甚至連只是站起來對眾賓客說幾句客套話，請大家一起舉杯，她都做不到。她不演講，也很少答應接受採訪，就算採訪到她也很難從她口中得到有趣的內容。她會講的，幾乎都是記者本來就知道、或者自己就可以想得出來的。

例如說白羅這個神探的來歷。克莉絲蒂回答：他應該是個外國人，這樣就能在英國日常生活中看出英國人自己看不出的線索。她自己碰過的外國人，只有第一次大戰剛爆發時到英國避難的比利時人。比利時警察怎麼能跑到英國來？那一定是因為他已經退休了。他有潔癖，所以對於現場會有特殊的直覺，馬上感受到不對勁的地方。一個有潔癖的人，好像應該長得矮小些才相稱，一個矮小有潔癖的人最適當的名字，就是希臘神話裡的大力士「赫丘勒斯（Hercules）」，製造出荒唐的對比趣味。那白羅這個姓是怎麼來的呢？克莉絲蒂很誠實地說：「我不記得了。」

一切都如此順理成章，一切都如此合邏輯，不是嗎？有記者問她怎麼看自己的舞台劇〈捕鼠器〉，創下了英國劇場、甚至全世界劇場連演最多場紀錄的名劇？克莉絲蒂的回答也還是中規中矩，合理合節：那是一齣小戲，在一個小劇院演出，成本很低，任何人想到了都可以帶家人或朋友去看，老少咸宜，並不恐怖，也不特別荒謬打鬧，可是又什麼都有一點，包括恐怖和荒謬打鬧的成份。

她的身上，找不出一點傳奇、怪誕色彩，那她為什麼能在五十年間持續寫偵探小說，創造了那麼多謀殺，還創造了那麼多詭計？

或許她的婚姻反而可以給我們比較多的線索？克莉絲蒂一生結過兩次婚，第一次在一九一四年，婚後不久，丈夫就參加了歐戰，是英國皇家空軍最早一批飛行員。一九二六年，這個丈夫有了外遇，直率地向克莉絲蒂要求離婚，在那之前，克莉絲蒂的媽媽才剛過世，雙重打擊之下，又遇到車子無法發動，克莉絲蒂崩潰了，她棄車而走，忘記了自己究竟是誰，躲進一家鄉間旅館，登記時寫了她心裡唯一有印象的名字——她丈夫情婦的名字。

離婚後，一次在晚宴中，有人提起近東烏爾考古的最新收穫，克莉絲蒂就取消了原定要去西印度群島的計畫，改訂了跨越歐洲到君士坦丁堡的「東方快車」，是的，就是這趟旅程給了她寫《東方快車謀殺案》的靈感。不過更重要的是，在烏爾，她認識了一位年輕的考古學家，比她小十四歲，這個人後來成了她的第二任丈夫。

這位考古學家陪她去參觀在沙漠中的烏克海迪爾城，卻在沙漠中迷路困陷了。幾小時中克莉絲蒂卻沒有一點驚慌不安，當下考古學家就決定要向她求婚。

原來，克莉絲蒂的內心是有這種冒險成份的。要不然她不會兩次選到的，都是喜愛冒險的丈夫，而她本身大概也不會吸引一個在各種危險情境下挖掘古代寶藏的人，讓他願意向一個大他十四歲的女人求婚。

這樣說吧，維多利亞時代後期的英國環境，壓抑限制了克莉絲蒂冒險、追求傳奇的內在衝動，她只好將這樣的衝動寄託在丈夫和寫作上。她一邊陪著第二任丈夫在近東漫走，一邊在小說中寫各式各樣的謀殺與探案。謀殺和探案都是冒險，還有，偵探偵查中做的事——蒐集線索，還原命案過程——其實和考古學家的考掘，如此相似！

克莉絲蒂寫得最好的，正就是「藏在日常中的冒險」。她個性中的雙面成份，造就了特殊的偵探魅力。既嚮往非常傳奇，卻又有根深柢固的日常邏輯信念，兩者就都在克莉絲蒂的小說中扮演了重要角色。她的謀殺案幾乎都和日常習慣緊密編織在一起，日常環境成了兇手最重要的掩護。有些日常規律明顯地被破壞了，讓我們很自然以為那會是謀殺的線索，沿著這些線索形成了閱讀中的推理猜測，然而白羅早就提醒了，真正重要的反而是那些「細節」，也就是看來像是依隨日常邏輯進行的事，或說藏在日常邏輯中因而不被看重的事，那裡要嘛藏著兇手的核心詭計、煙幕，要嘛藏著兇手致命的破綻。

兇案的構想，就是如何讓異常蓋上日常、正常的面貌，又如何故意將日常、正常予以扭曲，製造假象；那麼偵探要做的，就是如何準確地在日常中分辨出真正的異常，將假的、明顯的異常撥開來，找出細節堆疊起來的異常真相。

克莉絲蒂最受歡迎的作品，大概都具備這樣的特質。她很早就完備了如此寫作的成熟技巧，一本一本試驗擴張著各種可能，因而二〇、三〇年代的小說，傑作輩出，十二本最暢銷的小說，十本是一九四二年之前出版的，一九四三年之後到她去世，克莉絲蒂還寫了將近四十本偵探小說，卻只有兩本列入最暢銷之列，讓我們可以清楚看出：寫了二十年後，聰明如克莉絲蒂者，畢竟還是會慢慢耗盡了她迷惑、驚異讀者的能量。

決定暢銷分佈的，還有另一項重要因素，那就是白羅的表現。讀者愛白羅、最愛白羅，再清楚不過。和克莉絲蒂筆下另一位名探瑪波小姐相比，白羅有很明顯的優勢，瑪波小姐的身分使她基本上只能進行「靜態」的辦案，案子的空間受到侷限，白羅卻可以跨越各種空間，恣意揮灑。而且白羅擁有警官的身分，可以合理出現在各種犯罪現場，瑪波小姐能出現的地方，相形之下常常就勉強、不自然多了。可是，克莉絲蒂自己偏愛瑪波小姐勝於白羅。雖然她前後寫了四十本白羅探案，但其中不少（愈到後期愈多）應付讀者的成分超過作者自己的創造熱忱。這種讓白羅看起來很沒勁的作品最不討好，最不容易給讀者留下印象。

讀者的集體智慧不能小覷，最暢銷的十二本，也幾乎都是克莉絲蒂最好的作品。不過當然還是有幾本我自己最偏愛的，不幸沒有在這份暢銷書單中。例如在結局反轉的巧妙上，可以和《史岱爾莊謀殺案》、《羅傑・艾克洛命案》等量齊觀的《褐衣男子》；還有在開創本格類型上大有影響力的《十三人的晚宴》，簡直像是毒物學論文的《絲柏的哀歌》，還有最陰森邪惡的《本末倒置》和《死亡終有時》。

不管後來的偵探、推理小說發展了多少巧妙詭計，克莉絲蒂卻不會過時，因為她的推理如此密切地和日常纏繞在一起；活在日常中，我們就無可避免被克莉絲蒂的「日常細節推理」吸引。至少，克莉絲蒂最好的作品，沒有過時不過時的問題，隨時讀來都充滿驚奇趣味。

Murder On The Orient Express

東方快車謀殺案

1934

白羅神探系列

阿嘉莎・克莉絲蒂 著
陳堯光 譯

第一部 事件

1 托羅斯快車的重要旅客

敘利亞的冬天，清晨五點。在阿勒坡（Aleppo，敘利亞西北部的城市，靠近土耳其邊界）車站的月台旁停著一列火車，那就是火車旅行手冊上大肆宣傳的托羅斯快車（Taurus Express，托羅斯是土耳其南部的山脈，靠近敘利亞邊界）。這列快車掛有一節帶廚房的餐車車廂、一節臥鋪車廂和兩節普通車廂。

在臥鋪車廂的踏梯旁，站著一位軍裝筆挺的年輕法國中尉，他正和一位身材矮小的人在說話。那人的衣領豎起來圍裹到耳朵，整個臉只露出淡紅色的鼻子和兩撇仁丹鬍。

在這樣天寒地凍的日子裏奉命給一位尊貴的陌生人送行，實在不值得羨慕，不過杜波斯克中尉仍然妥善地執行了他的任務。他說著優雅的法語，談吐頗為得體。但是整個事件的前前後後他並不清楚。這類事情總要引起許多謠言，此事自然也不例外，而且他只知道將軍——他的將軍上司——脾氣越來越壞。後來這位比利時的陌生人就來到了，似乎是從英國趕來的。然後在一陣莫名其妙的緊張氣氛中一星期過了，緊接著發生了幾件事：一位聲名顯赫的軍官自殺身亡，另一位軍官辭職卸任。於是那些原來滿面愁容的臉頓時不再憂愁，某些軍事上的防護措施也放鬆了，而將軍——杜波斯克中尉的上司，像是一下就年輕了十歲。

杜波斯克曾聽到將軍和這位陌生人的一段談話。將軍激動地對他說：「*Mon cher*（法語：親愛的朋友），你救了我們，你挽救了法蘭西軍隊的榮譽——你使得一場殺戮得以避免！你答應了我的要求，大老遠地趕來，我真不知該怎麼感謝你！」他說這些話的時候，雪白的美髭還顫顫發抖呢。

對這些話，那位陌生人（他的姓名叫赫丘勒・白羅）得體地做了回答，其中有一句是：「可是你不也救過我一次嗎？」對此，將軍也客氣地表示，過去那點小事何足掛齒。接著他們談到法蘭西，談到比利時，談到有關榮譽、尊嚴以及諸如此類的事情，然後他們熱烈地擁抱，談話就此結束。

關於這當中的原委，杜波斯克中尉至今仍然一無所知。不過，將軍把一項任務派給了他，那就是讓他去為搭乘托羅斯快車的白羅先生送行。他的態度就正如那些前程似錦的青年軍官一般，傾出全副的熱忱在執行這一任務。

「今天是星期日，」杜波斯克中尉說，「明天，星期一傍晚，您就會抵達伊斯坦堡了。」

這句話他已經說過好幾次了。在等候火車開動時，月台上的人往往會重覆這一些對話。

「是啊。」白羅先生說。

「我想您準備在那裏待上幾天吧?」

「*Mais oui*(法語:是啊)。伊斯坦堡這個城市我一次也沒去過。要是就這樣過門不入,未免可惜了。」他表情十足地吧嗒一聲彈了下手指,「沒有什麼急事。我要以觀光客的身份在那裏待幾天。」

「聖索菲亞清真寺,那是很美的。」杜波斯克中尉說。其實他自己從未見過。

一陣冷風呼嘯著颳向月台,兩人都打了個寒噤。杜波斯克瞧了一下手錶。四點五十五分——還有五分鐘車就要開了!

他怕這一瞥被對方察覺,就馬上岔開了話題。

「每年這個季節旅行的人都很少。」他朝車廂的玻璃窗看了一眼。

「是啊。」白羅先生說。

「但願您不要被大雪困在托羅斯山裏才好!」

「會有這樣的事嗎?」

「是啊,有過這樣的事。不過今年還沒發生過。」

「但願不會。」白羅先生說,「歐洲方面預報說,天氣很壞哩!」

「很不妙。巴爾幹半島雪下得太多了。」

「聽說德國也是。」

「唔，」眼看又要無話可說，杜波斯克中尉趕忙找話題，「明天晚上七點四十分您就可以抵達君士坦丁堡（Constantinople，伊斯坦堡的舊稱）。」

「是啊。」白羅應道，接著又趕忙表示，「我也聽說聖索菲亞清真寺是很美的。」

「我相信一定非常美。」

在他們頭頂上方，一間臥鋪包廂的窗簾拉開了，一位年輕婦女朝外張望。

打從星期四那天離開巴格達以來，瑪麗・德本漢就睡眠不足。無論在駛往基爾庫克的火車中，還是在摩蘇爾的旅館裏，或是昨夜在這列火車上，她都沒有睡好。由於在溫度過高的包廂裏熱得無法入睡，她起身向窗外探視了一下。

這兒一定是阿勒坡了。當然，沒有什麼可看的，它只是一座燈光黯淡的狹長月台。不知在何處有人火冒三丈地用阿拉伯語大聲爭吵，她的窗口下也有兩個人在用法語交談，一個是法國軍官，另一個是有著兩撇鬍子的小個子。她微微一笑。她從未見過一個人把自己圍裹得如此緊密。車外一定寒冷刺骨。難怪車廂中暖氣開得這麼熱。她想把玻璃窗往下打開點，可是扳不動。

臥鋪車廂的管理員來到了這兩個人面前。他說，火車馬上要開了，請上車吧。那個小個子摘下了帽子。他的腦袋真像個雞蛋啊！瑪麗・德本漢雖然另有所思，也不禁微微一笑。這小個兒的模樣真可笑，這樣的小個兒，誰也不會把他放在眼裏的。

杜波斯克中尉正在向他話別。中尉早已想好要說些什麼，現在終於等到這時候了。

他的話說得很動人，措詞也很優美。

白羅先生不甘示弱，也報以同樣優美動人的話語。

「上車吧，先生。」臥車管理員說。

白羅先生帶著無限惆悵的神情上了車。管理員尾隨其後。白羅先生揮著手，杜波斯克中尉舉手敬禮。火車猛然晃動了一下便徐徐前進了。

「*Enfin*（法語：終於走啦）！」赫丘勒・白羅先生喃喃自語。

杜波斯克咕嚕了一聲，覺得自己快凍僵了……

❦　❦　❦

「這裏，先生。」管理員誇張地擺了擺手，向白羅展示精美的臥鋪包廂和擺放整齊的行李，「先生，您的手提包我替您放在這兒了。」

他一手攤開，顯然有所暗示。赫丘勒・白羅放了一張對折的鈔票在他手上。

「謝謝，先生。」管理員變得殷勤起來，「先生的車票在我這裏，另外請把護照也交給我。先生是要中途在伊斯坦堡下車，是嗎？」

白羅先生點點頭，說：

「車上乘客不多吧？」

「是的，先生。只有另外兩位乘客，都是英國人。一位是上校，從印度來；另一位年輕的英國女士，是從巴格達來的。先生還需要什麼東西嗎？」

白羅要了一小瓶梨酒。

清晨五點鐘搭火車是很困窘的，離天亮也只差兩小時。白羅想到前夜沒有睡夠，又感到自己已成功地完成了一項棘手的任務，便在床鋪一角蜷起身子，昏然入睡了。

他醒來時已是九點半，他走出包廂，想到餐車上去找杯熱咖啡喝。

餐車裏只有一位客人，顯然就是管理員所說的那位年輕英國女士。她身材修長，頭髮烏黑，或許有二十八歲了。她吃早餐的樣子和向侍者要咖啡的神態都十分沉著俐落，顯然是見過世面的旅途常客。她身穿一襲深色的旅行裝，衣料很薄，很適合在空氣悶熱的火車上穿著。

赫丘勒・白羅先生坐在那裏無事可做，為了排遣時光，便不露聲色地悄悄打量起這位女士來。

他判斷，這位年輕婦女無論到什麼地方，都能妥善料理事情，既鎮定又能幹。他頗喜歡她那樸實端正的容貌和細膩白皙的皮膚，也很欣賞她那頭烏亮、有整齊波紋的黑髮，以及那雙冷漠、毫不動情的灰色眼睛。不過，他覺得，她還是太過俐落了一點，算不上是他所謂「靠風韻取勝的女人」。

這時，有人走進了餐車。這是個四、五十歲的男子，瘦長的身軀，棕色皮膚，兩鬢微白。

「這就是從印度來的那位上校了。」白羅心想。

那人向英國女士欠了欠身子。

「德本漢小姐，你早。」

「你早，阿布思諾上校。」

上校站在那裏，一隻手搭著德本漢小姐對面那張椅子的椅背。

「可以坐這兒嗎？」他問。

「當然可以。坐吧。」

「你知道，吃早餐的時候並不適合聊天的。」

「我也這樣認為。不過我也不打算聊天。」

上校坐了下來。

「服務生！」他發號施令般地叫道。

他要了蛋和咖啡。

他看了一下赫丘勒・白羅，然後便漫不經心地看向別處。白羅看透了這個英國人的心思，知道他一定在想：「又是個該死的外國人。」

這兩個英國人的表現，很符合他們的民族性格。他們沒有聊天，只相互說了幾句簡短的話，不久那位女士就起身走回她的包廂去了。

吃午飯時，這兩位英國人又同坐一桌，而且仍舊全然不理睬那第三位乘客。這兩人彼此比在吃早餐時熱絡了一些。阿布思諾上校談著印度旁遮普省的情況，偶爾問問那位女士關於巴格達的事。聽來她曾在該地當過家庭教師。他們談到了幾個彼此都認識的朋友，兩人的關係立刻更為友好融洽了，一會兒說說湯姆，一會兒又說說傑利。上校問她是直接返回英國，還是在伊斯坦堡停留。

「我直接回英國。」

「那不可惜嗎？」

「我兩年前走過這條路線，在伊斯坦堡住過三天。」

「原來如此。那恕我直言，你直接回英國我很高興，因為我也要直接回英國。」

他彆扭地欠了欠身子，臉色有點發窘。

「我們這位上校倒挺容易動感情呢。」赫丘勒・白羅心裏覺得怪有趣。「這列火車就像海上航行一樣危機四伏啊！」

德本漢小姐平靜地向上校表示一同直接回英國很好。她的態度有些拘束。

赫丘勒・白羅注意到這位上校後來還陪她走回包廂。過一會兒，火車駛入托羅斯山脈，窗外一片宏偉景色。他們兩人並肩站在車廂走道上俯視西里西亞峽谷，這位女士突然發出了一聲歎息。白羅站在離他們不遠的地方，聽見她喃喃說道：

「這風景真美喲！我真希望，真希望——」

「什麼？」

「我要能有心思欣賞一下這樣的美景該多好！」

阿布思諾沒有回應，他那方方的腮幫子似乎繃得更緊了。

「我打心底希望你沒有參與這檔事。」他說。

「噓，小聲點兒。」

「哦！沒有關係。」他嫌惡地向白羅瞥了一眼，「不過我不喜歡你當家庭教師，受那些專橫的母親和調皮小鬼的氣。」

她笑了起來，笑聲裏有那麼一點兒放肆的味道。她說：

「啊！你別那麼想。女家庭教師受雇主壓迫這類的話早就沒人相信了。我可以向你保證，反倒是孩子的家長怕我欺侮他們呢。」

然後兩人便不做聲了。也許阿布思諾也感到自己有些失言吧！

白羅暗自思忖：「這真像是一齣奇怪的短劇啊！」

往後他將回想起此一景象。

火車約於當晚十一點半抵達土耳其的科尼亞。兩位英國旅客下車去活動筋骨，在覆著白雪的月台上來回踱步。

白羅先生隔著玻璃窗望著車站上一片熙攘，也覺得有意思。可是過了十分鐘左右，他覺得還是出去呼吸一下新鮮的空氣比較好。於是他小心翼翼，添了好幾件衣服，外加圍巾，把身子包得密密實實的，並且在一塵不染的皮靴外再加上一雙套鞋。然後他慢步走下車廂，往車頭的方向走去。

前方一節車廂的陰影中站著兩個人，白羅由說話的聲音認出是那兩位英國人。正說話的是阿布思諾。

「瑪麗——」

那女的打斷他的話：

「別在這會兒說，別在這會兒說。等這件事結束，等一切都過去之後，那時——」

白羅先生躡手躡腳地走開。他滿腹狐疑。

他簡直聽不出來那是德本漢小姐沉靜有力的嗓音……「真怪。」他心想。

第二天，他很懷疑他們兩人是否吵了架。他們很少談話，他還覺得這位小姐面有憂色，眼圈也是黑的。

大約下午二點半，火車停住了。大家紛紛探頭看看出了什麼事。車旁有一小羣人圍聚在鐵道邊，用手指著一節餐車底下的什麼東西。

白羅也探出頭去，問了匆匆走過的臥車管理員。管理員答了話，白羅便把頭縮回車廂，一轉身，幾乎和站在他身後的瑪麗・德本漢撞個正著。

「怎麼回事？」她氣呼呼地用法語問，「為什麼停車？」

「不礙事，小姐。餐車底下有什麼東西著了火。不要緊，已經撲滅了，他們現在正在修理，我向你保證沒有什麼危險。」

她不耐地擺了擺手，彷彿對有無危險一事並不在意。

「是啊，這我知道，可是時間呢？」

「時間？」

「是啊，這一來我們就耽誤了。」

「沒錯，耽誤一下倒是有可能的。」白羅說。

「可是我們耽誤不起啊！火車原訂於六點五十五分抵達，我們還得橫渡博斯普魯斯海峽，到對岸去趕搭九點鐘的辛普倫東方快車呢！如果耽誤上一兩個小時，我們就趕不上那班車了。」

「這倒真有可能。」白羅承認。

白羅好奇地打量她。她扶著窗框的手有些顫抖，嘴唇也在顫動。

「這對你影響很大嗎，小姐？」他問。

「是的，影響很大。我非趕上那班火車不可。」

她轉身朝走道另一頭走去，到阿布思諾上校那邊去了。

然而，她是多慮了。十分鐘之後火車就開動了。它在途中趕上了所耽誤的時間，抵達海達帕薩時只比原訂時間晚了五分鐘。

博斯普魯斯海峽風浪頗大，白羅先生身體不大舒服。他在船上沒有同那兩位旅伴在一起，也沒有再見到他們。

到達加拉塔大橋後，他就驅車逕赴托卡良旅館而去。

2 托卡良旅館

赫丘勒・白羅到托卡良旅館之後，先訂了一間附浴室的房間，然後走到服務台那裏看看有沒有他的信。

有三封信等著他拆閱，還有一封電報。看到電報，他驚訝地挑了一下眉毛。

他如往常一般慢條斯理啟閱了那封電報。列印的電文清晰地寫著：

凱司納案件的發展果然如你所料。請速回。

「*voilà ce qui est embêtant*（法語：又是一件令人頭痛的事情）。」白羅喃喃自語，一時打不定主意。他抬頭望了望時鐘。

「我得今天晚上動身，」他問櫃台人員，「辛普倫東方快車幾點鐘開？」

「九點整，先生。」

「臥鋪車廂還有票嗎？」

「一定有，先生，這個季節買票並不難，幾乎沒有人坐火車。您要坐頭等廂還是二等包廂？」

「頭等。」

「好的，先生。您的目的地是——」

「倫敦。」

「好，先生。我將替您購買一張往倫敦的車票，並且替您預訂一間『伊斯坦堡—加來』車廂的臥鋪包廂。」

白羅又看了一下時鐘。七點五十分。

「我還趕得上用餐時間嗎？」

「一定趕得上，先生。」

這位矮小的比利時人點點頭，他退掉了剛才訂的房間，穿過大廳走入餐廳。

正當他向侍者點菜的時候，有一隻手搭上了他的肩頭。

「啊！*mon vieux*（法語：老兄），真是意外相逢啊！」有人在他背後說。

說話的是個身材矮胖、頭髮蓬鬆的中年人。他滿面笑容。白羅站了起來。

「布克先生。」

「白羅先生。」

布克先生也是比利時人，他是國際鐵路臥車公司的一位董事，同這位比利時刑警隊的卸任明星警探是老相識。

布克先生說：

「親愛的朋友，你怎麼會大老遠跑來這裏啊？」

「我到敘利亞辦點事。」

「哦，那你是要回國囉——什麼時候走？」

「今晚。」

「好極了，我也是。我要到瑞士洛桑去，有些事要辦。我想你是搭乘辛普倫東方快車吧？」

「是的。我已請他們替我訂一個包廂。我原先想在這裏待幾天的，可是剛接到電報叫我回英國，有重要事情。」

「啊！」布克先生歎了一口氣，「*Les affaires-les affaires*（法語：忙啊，忙啊）！不過，老兄，你的事業現在是如日中天啦！」

「算是小有成就吧。」白羅想顯得謙虛一些，但顯然做不到。

布克呵呵一笑。

「待會見吧。」他說。

用餐時，赫丘勒・白羅一直致力於不讓他那兩撇鬍子沾著湯汁。完成這個困難的任務之後，他趁下一道菜還沒上來，環顧了一下周圍。餐廳裏有五、六位客人，其中只有兩位能引起他的興趣。

這兩位客人坐得離赫丘勒・白羅不遠。其中較年輕的一位大約三十歲，模樣挺討人喜歡，一望即知是個美國人。不過讓這位矮個子偵探感興趣的卻是另外一位。

那人的年紀有六、七十歲。遠遠看去，和藹的容貌像是位慈善家。他頭頂略禿，腦門很寬，微笑時露出一排潔白的假齒，看上去是個秉性仁慈的人，只是一雙眼睛細小深陷又詭詐，感覺格格不入。不僅如此，他在同他的年輕伙伴講話時，眼睛不時向四周掃視，且看了白羅一眼，閃現出一種殘忍和不自然的緊張情緒。

然後他起身說道：

「赫克特，把帳付了吧。」

他的嗓音略帶沙啞，讓人感到古怪、難以捉摸又可怕。

當白羅再度在大廳遇到布克先生時，這兩位客人正要離開旅館。他們的行李被搬下樓來，看來這些事都由那位年輕人料理。一會兒那位年輕人推開了玻璃門，說：

「都辦妥了，雷契特先生。」

那個老頭兒嗯了一聲就走了出去。

「喂！」白羅說，「你覺得這兩個人怎麼樣？」

「都是美國人。」布克先生說。

「這毫無疑問。我的意思是，你認為他們是什麼樣的人？」

「那個年輕的看起來還挺隨和。」

「另一個呢？」

「說實話，老兄，我並不喜歡他。他讓我覺得不舒服。你說呢？」

赫丘勒・白羅沉默片刻，然後說：。

「剛才在餐廳裏，他走過我身旁，我有一種奇特的感覺，像是有一頭野獸——兇猛的野獸，與我擦身而過。」

「然而從外表看來，他卻儼然是個值得尊敬的人物。」

「*Précisément*（法語：完全正確）！他的身體好比一架鐵籠子，處處顯得威嚴體面，可是在那鐵欄杆裏的，卻是一頭兇猛可怕的野獸。」

「老兄，你真會想像。」布克先生說。

「這可能只是我的想像，可是我怎麼也擺脫不掉這種印象——一尊煞神從我身旁擦身而過。」

「你是指那位可敬的美國紳士嗎？」

「正是那位可敬的美國紳士。」

「唉，」布克先生笑瞇瞇地說，「也有可能，世界上本來就有不少煞神嘛。」

這時候門開了，服務台的一個職員朝他們走來，臉上帶著憂慮和歉意。

「真是奇怪，先生。」他對白羅說，「這趟火車上的頭等臥鋪一個空位也沒有了。」

「*Comment*（法語：怎麼會）？」布克先生叫道，「在這樣的季節裏？哦，一定是被一批新聞記者或一羣政界人物佔據了。」

「我不知道，先生。」那職員恭敬地轉向布克先生。「可是情況就是這樣。」

「好啦好啦。」布克先生對白羅說，「別擔心，朋友，我有辦法。車上有一個單間包廂，十六號，總是留著不賣，由管理員負責照管。」他微笑抬頭瞧了一下時鐘，說道：「走吧，我們該動身了。」

到了火車站，布克先生受到身穿棕色制服的管理員必恭必敬的接待。

「晚安，先生，您的包廂是一號。」

他叫來了幾名搬運工，他們用推車把行李搬到列車中段。那兒掛著一塊鐵皮牌子，標明這趟列車的行駛路線：

伊斯坦堡——的里雅斯特——加來

「我聽說今晚的臥鋪車廂已經客滿了？」

「真是難以置信，先生。似乎全世界的人都選擇今天晚上來旅行！」

「無論如何，你必須替這位先生找一個地方，他是我的朋友。他可以借用十六號單間包廂。」

「那間包廂也已經有人了，先生。」

「什麼？十六號包廂也有人了嗎？」

布克先生和管理員互看了一眼，管理員面帶微笑。他是個身材瘦長的中年人。

「是的，先生。就像我剛才說的，這列車確實客滿了，找不到一個空鋪位。」

「可是，發生了什麼事啦？」布克先生氣沖沖地說，「是哪個地方在舉辦會議嗎？還是有什麼集會呢？」

「不，先生，純屬巧合，剛好有許多人選在今天晚上旅行。」

布克先生不滿地哼了一聲。

「到了貝爾格萊德，」他說，「列車會掛上一節從雅典來的活動車廂，還有一節從布加勒斯特到巴黎的車廂。可是我們要到明天晚上才抵達貝爾格萊德，今天晚上就成了問題。二等鋪位也沒有空位嗎？」

「二等鋪位倒是有一個，先生。」

「噢，那麼──」

「可是那是個女士的鋪位。那間房裏住了一位德國女士，她是一位夫人的女僕。」

「啊喲，那就不方便了。」布克先生說。

「別操心了，老兄。」白羅說，「我可以坐普通車廂。」

「不，不。」布克先生問管理員，「客人都上車了嗎？」

「是啊，」管理員回答，「不過有一位乘客到現在還……沒來。」他吞吞吐吐的說。

「繼續說呀！」

「七號鋪位，是個二等鋪位。那位先生到現在……八點五十六分了，還沒有來。」

「這人是誰？」

「一個英國人，」管理員翻了一下手中的單子，「名叫哈里斯。」

「這名字倒是個吉兆。」白羅說，「我讀過狄更斯的書。哈里斯先生，他不會來了。」

「把這位先生的行李搬到七號鋪位去吧。」布克先生說，「如果這位哈里斯先生來了，我們就對他說他來得太晚了，臥鋪不能保留到這麼晚。反正我們會處理的，我管他什麼哈里斯先生！」

「那就這樣辦吧。」管理員說。

接著管理員就告訴搬運工該把白羅的行李搬到哪兒。

然後他站到一旁，讓白羅上車。

「*Tout à fait au bout, Monsieur*（法語：在那一頭，先生）。」他叫道，「倒數第二間。」

白羅沿著走道走過去，他走得很慢，因為大多數乘客都站在房門外。他有禮貌地一一說「借過」，像鐘擺聲那樣的規律。終於他走到了那個房間。房間裏有一個人高舉雙手在放行李箱，那正是他在托卡良旅館裏見過那個高大的年輕美國人。

那年輕人見到白羅進房便皺起眉頭。

「對不起，」他說，「我想您是走錯房間了吧？」接著又費勁地用法語說了一遍。

白羅用英語回答：

「您是哈里斯先生嗎？」

「不，我叫麥奎恩。我——」

這時候白羅身後傳來了管理員的聲音。那是一種帶著歉意，甚至氣急敗壞的聲音。

「車上沒有別的鋪位了，先生，這位先生只能到這裏來。」

他一邊說一邊把靠走道的玻璃窗往上抬開，並且把白羅的行李提進來。

白羅對他話中的歉意頗感興趣。毫無疑問，這位年輕人曾答應給管理員一筆優渥的小費，條件是讓他獨佔這個房間。然而，當公司的一位董事也在車上並且下達了命令，即使是最慷慨的小費也會失效的。

把行李箱都放上架子之後，管理員從房間裏走了出來。

「都安排好了，先生。」他說，「您是上鋪，七號床位。還有一分鐘就要開車了。」

說罷，他就匆匆往走道另一頭走去。白羅再度走進房間。

「真是罕見啊，」他興致高昂地說，「鐵路臥車管理員竟親自幫乘客放行李，真是前所未見啊！」

他的同房室友笑了笑，惱怒的心情顯然已消失無蹤，可能也是意識到對這種事情只能採取豁達的態度。

「這班火車真是擠得出奇！」那年輕人說。

汽笛響起，引擎發出一陣低沉的吼叫。白羅和年輕人都走出房間站在走道上。火車外面有人叫道：

「開車啦！」

「我們出發了。」麥奎恩說。

但他們尚未真正出發，汽笛又響了。

「喂，先生，」那年輕人忽然說，「如果您喜歡睡下鋪——那樣方便些——就睡下鋪吧，我無所謂的。」

這年輕人真討人喜歡。

「不不。」白羅推辭道，「我不能佔用您的——」

「沒有關係。」

「您太客氣了。」

雙方彬彬有禮地謙讓著。

白羅說道：

「反正只睡一個晚上。到了貝爾格萊德——」

「噢，您在貝爾格萊德下車？」

「不是的。您知道——」

火車一陣晃動，兩人不約而同轉身向外，看著燈光下狹長的月台緩慢地從他們面前掠過。

東方快車開始了橫越歐洲的三天旅程。

3 白羅拒當保鏢

赫丘勒・白羅先生第二天中午比較晚進餐車廂吃午飯。他早上起得很早，吃早飯時幾乎沒有別人在，整個上午他都埋首閱讀凱司納案的資料。他也沒怎麼見到他的同房室友。

先到的布克先生向白羅招手，叫他過去坐。白羅過來坐下了。不久他就發覺坐在這一桌大有好處，不僅會被優先伺候，而且飯菜也異常精緻，做得特別可口。

直到吃起士蛋糕時，布克先生才開始注意食物以外的事情。這是他酒足飯飽之餘大發宏論的時候了。

「啊！」他歎道，「要是我有巴爾札克的生花妙筆該多好！那我就會把此情此景全部描繪出來了。」

他揮了揮手。

白羅說：

「這倒是個好主意。」

「哦，你同意嗎？還沒有人這樣寫過吧？老朋友，這很適合寫一部小說呢！在我們周圍有各式各樣的人，屬於各式各樣的階級，什麼國籍、什麼年齡都有。這些人彼此素不相識，卻要在一起生活三天。他們在同一個屋簷下睡覺、吃飯，躲也躲不開。三天之後，他們又分道揚鑣，各奔東西，而且很可能永不再相見。」

「可是，」白羅說，「要是出了事呢？」

「唉，不會的，朋友——」

「從你的立場來看，出事當然是不幸的，這我理解。可是，暫且讓我們做這樣的假設吧。假如出了事，恐怕這裏所有的人都會被牽連到一塊兒了——被死亡所牽連。」

「再來一點酒吧。」布克先生邊說邊倒酒，「你的話令人毛骨悚然，朋友。你大概有點消化不良吧。」

「是的。」白羅說，「敘利亞的飯食的確不太合我胃口。」

他啜了一口酒，然後背往後一靠，若有所思地把同室中的乘客都掃視了一遍。餐車廂裏共坐著十三個人，而且正如布克先生所說的，這些人分屬不同的階級和國籍。他開始打量他們了。

他們對面的那張桌子坐著三個男人。據他猜想，他們都是單身旅客，餐車侍者把他們列為同類而引至一桌。一個高大、皮膚黝黑的義大利人正在饒有興味地剔著牙齒。坐在他對面的是一個清瘦而整潔的英國人，他那冷漠、呆板的神情就像是一個訓練有素的僕役。坐在這英國人旁邊的是一個服飾花俏、個兒高大的美國人，看來是個生意人。

「你就得有幾下子才行。」那美國人帶著鼻音大聲地說。

那個義大利人剔完了牙，把牙籤夾在指間揮動著說：

「當然，我一直都這麼說。」

那個英國人望著窗外，咳了幾聲。

白羅的眼光轉向別處。

在一張小餐桌旁，一位長得極醜的老年婦女直挺挺地坐著。她那種醜陋極具特色，因此反倒有一種吸引力。她坐得筆直，脖子上掛著一串顆粒很大的珍珠項鍊，那是真正的珍珠，儘管看上去不大像；她雙手都戴著戒指，肩上披著一襲貂皮披肩，頭上那頂極小而價值不菲的黑色小帽，和帽下那張蠟黃、蛤蟆樣的臉極不相稱。

她正在對餐車侍者說話，語調簡潔、客氣，然而不容拒絕。

「請你務必在我房間裏放一瓶礦泉水和一大杯橘子汁。今天的晚飯替我準備烤雞，不要放醬油；還要一些蒸魚。」

那個侍者恭敬地答稱一定辦到。

她和藹地點了點頭便站起身來，這時她的眼光和白羅的視線碰上了，但她隨即像個無動於衷的貴族，冷漠地望向別處。

「那是卓戈米羅芙公主。」布克先生低聲說，「她是俄羅斯人。她丈夫的錢都是革命前賺來的，全部投資在國外。她非常有錢，是個世界主義者。」

白羅點點頭。他聽說過卓戈米羅芙公主。

「她是號人物，」布克先生說，「儘管長得極醜，卻頗有個性。你同意嗎？」

白羅表示同意。

在另一張大餐桌上，瑪麗・德本漢同另外兩個女人坐在一起。其中一個身材較高的中年婦女穿著方格子上衣和花呢裙子，一頭乾黃色的頭髮在腦後綰起了一個不相稱的髮髻；長長的臉上戴著一副眼鏡，溫和善良的面容頗像一頭綿羊。她正在聽同桌的另一個女人講話。那個女人已上了年紀，身材較胖，正在和緩地說著話；她字音清晰，語調呆板，但絲毫看不出有想歇一口氣或結束談話的意思。

「我的女兒說：『哎！你根本不能把美國那一套搬到這個國家來。這兒的老百姓認為懶惰是天經地義的。』她說，『他們身上就是沒長著那股衝勁。』但你要是知道我們在那兒開設的大學都幹了些什麼的話，你會感到驚訝的。那兒的教師陣容十分堅強。我想，什麼事也比不上教育事業。我們必須運用我們西方的理想，教東方人懂得這些理念。我女兒說——」

火車進了隧道，那平靜而單調的語音便淹沒在轟轟的回聲之中。

更前面一張較小的桌子，只坐著阿布思諾上校一個人。他兩眼直直看著瑪麗・德本漢的後腦勺。他們居然沒有坐在一起。其實要安排坐在一起很容易。為什麼不呢？

白羅想，也許是瑪麗‧德本漢有顧慮。女家庭教師都是非常小心謹慎，尤其是在外表舉止上，從事她那一行的女人必須注意、檢點才行。

他的視線又轉移到餐車廂的另一側。在盡頭處，靠車壁坐著一位一身黑服的中年婦女，寬闊的臉龐毫無表情。她不是德國人就是斯堪地那維亞人，他想，可能是個德國女僕。

再往前一桌，一對男女臉湊得很近在熱絡地談話。那個男的穿著英國式的粗花呢服裝，但不是英國人——白羅雖然只能見到他的背影，卻從他頭部和肩膀的姿態看出這一點。這是個體格魁梧的人。他突然轉了一下頭，白羅見到了他的側影。他長得很帥，年紀約三十出頭，蓄著兩撇漂亮的鬍子。

那人對面的女子年紀很輕，估計不過二十歲。她身穿合身的黑色外套和裙子，白色的緞子襯衫，一頂黑色小圓帽以那種令人討厭的時髦做法斜扣在頭上。她的臉蛋很美，皮膚潔白，有一對棕色的大眼睛和烏黑的頭髮。她用一根長煙嘴吸著紙煙，勻稱的雙手上指甲塗得血紅，胸口還掛著一塊用白金鑲嵌的大翡翠；眼神和聲音媚態十足。

「*Elle est jolie-et chic*（法語：她很美，很時髦）。」白羅低聲說，「是對夫妻吧？」

布克先生點點頭。

「我想是匈牙利大使館的人，」他說，「一對漂亮夫妻。」

餐車廂裏另外還有兩個人，白羅的同房室友麥奎恩和他的雇主雷契特先生。雷契特先生正好臉朝著白羅，白羅又一次審察起那張不討人喜歡的臉，注視著他眉宇間流露出的假仁假義和他那對兇狠的小眼睛。

布克先生無疑已發現他朋友的表情有了變化，他問道：

「你是在看那頭野獸嗎？」

白羅點點頭。

白羅的咖啡送了上來，布克先生也站起身來。他比較早用餐，所以已經吃完飯了。他對白羅說：

「我回房間去了，你吃飽來和我聊聊。」

「好的。」

白羅啜著咖啡，還要了一杯甜酒。餐車服務員帶著錢盒到各桌去收錢。那個年紀較大的美國女人直著嗓門說話，話裏怨氣十足。

「我女兒說：『買一本餐券就可以省去很多麻煩了。』可是事實卻不是這樣。看來非得給他們百分之十的小費不可。還有那瓶礦泉水也是怪透了。他們竟沒有埃維安或維希牌的礦泉水，真是怪事。」

「這是因為他們必須要——怎麼說呢，供應本地出產的礦泉水。」那個臉像綿羊的女人解釋道。

「唉，真是怪事。」她嫌惡地看著面前那堆零錢，「瞧瞧他找給我的這些怪東西。

是第納爾還是什麼錢幣？看起來只是一堆廢物。我女兒說——」

瑪麗・德本漢將椅子向後挪開，站起來對另外兩位欠了欠身子就走出餐車廂。阿布思諾上校也起身跟在她後面。那個美國女人撿起了她輕視的那一堆錢幣，也走出了餐車廂，臉像綿羊的女人走在她後面。那對匈牙利夫婦早就走了。餐車裏只剩下白羅、雷契特和麥奎恩三人。

雷契特對麥奎恩講了幾句話，麥奎恩站起來走出餐車廂。接著雷契特自己也站了起來，但是他沒有跟著他的同伴走出去，而是出人意料地坐到白羅對面。

「借個火好嗎？」他的聲音溫和，略帶鼻音。「我叫雷契特。」

白羅欠了欠身，把手伸進口袋裏，掏出一盒火柴交給他。他接過來後並沒有點火。

「我想，」他繼續說，「在我面前的是大名鼎鼎的赫丘勒・白羅先生吧？」

白羅又欠了欠身子：

「沒錯，先生。」

這位偵探意識到那對狡黠的眼睛正在打量他。接著對方又說：

「我們國家的人說話一向開門見山。白羅先生，我想請你替我辦一件事。」

赫丘勒・白羅挑了挑眉毛。

「先生，我近來很少接受委託，我不大接案子了。」

「噢，當然囉，我能理解。但是這件案子，白羅先生，我可以出一大筆錢。」他以溫和的口吻強調，「一大筆錢。」

赫丘勒・白羅沉默了一兩分鐘，然後說：

「你希望我替你辦什麼事呢，雷——雷契特先生？」

「白羅先生，我是個有錢人，非常有錢。處於這種地位的人總會有些仇人的。我就有一個仇人。」

「只有一個仇人嗎？」

「你這是什麼意思？」雷契特敏感地說。

「先生，根據我的經驗，當一個人處於你所說的那種地位，通常不會只有一個仇人。」

雷契特似乎鬆了一口氣。他很快地說：

「哦，確實如此。你說得沒錯，不過，有多少仇人並不重要，重要的是我的生命安全。」

「生命安全？」

「我的生命安全遭到了威脅，白羅先生。其實我是相當能夠保衛自己的人。」他從上衣口袋拿出一把自動手槍晃了一下又收回去，繼續嚴肅地說：「我認為我並不是那種容易遭人暗算的人。不過，我想最好還是能有雙重保障。於是我想到了你。你正是我該重金禮聘的人，白羅先生。別忘了——一大筆錢啊！」

白羅若有所思地注視了雷契特幾分鐘。他的臉上毫無表情，誰都猜不出他腦子裏在轉什麼念頭。

最後白羅說：

「很遺憾，先生，我無法從命。」

雷契特盯著他，說：

「你開個價吧。」

白羅搖搖頭。

「先生，你不明白。我做這一行運氣不差，賺的錢足夠滿足我的需要和隨意花用了。我目前只接一些自己感興趣的案子。」

「你真沉得住氣。」雷契特說，「兩萬美元怎麼樣，能打動你嗎？」

「不行。」

「再高的價錢就不可能啦。我知道行情。」

「我也知道，雷契特先生。」

「為什麼不行？」

白羅站了起來，說：

「雷契特先生，恕我說句老實話——我不喜歡你的長相。」

說完這句話，他就走出了餐車廂。

4 夜半叫聲

辛普倫東方快車於當晚八點四十五分抵達貝爾格萊德。由於火車要在該站停留半小時，白羅就下車到了月台上。不過他在月台上沒待多久。雖然月台有遮篷，但外面下著鵝毛大雪，寒冷刺骨，白羅回到了他的包廂。管理員正站在月台上又蹬腳又搖臂地設法驅除一些寒意。他對白羅說：

「您的皮箱已經搬到一號包廂去了，先生，那是布克先生的房間。」

「那布克先生呢？」

「他已經搬到剛才掛上的那節從雅典來的車廂去了。」

白羅走到那節車廂去找他的朋友。布克先生對他擺擺手：

「沒關係，沒關係，這樣換一下更方便些。你是要回英國的，所以你最好還是留在那節直抵法國加來的車廂裏。至於我，我在這裏很舒服，非常安靜。車廂裏除了我和一位矮小的希臘醫生外，沒有其他人。啊，我的朋友，這夜色多美啊！人家說好多年都沒有下過這樣大的雪了。但願我們的火車不要因此受阻。說實在的，我可不願見到這種狀況。」

火車在九點一刻準時開動，離開了車站。不久，白羅就站起來向他的朋友道晚安，然後沿著走道回到他的包廂。那包廂就在前面一節車廂，再前面一節就是餐車廂了。

在這旅程的第二天，同車旅客之間的隔閡漸漸消失。阿布思諾上校正站在房門口同麥奎恩交談。麥奎恩一看見白羅，便中斷談話，露出一副驚訝的神色。

「哎呀！」他叫道，「我以為您下車了呢。您說要在貝爾格萊德下車的。」

「您誤會了。」白羅微笑地說，「我想起來了。那時我們話才講到一半，火車就開動了。」

「可是老兄，您的行李不見了。」

「搬到另一個房間去了，如此而已。」

「哦，原來如此。」

麥奎恩又同阿布思諾聊了起來，白羅繼續往前走。

在離他房間兩扇門的地方，那個上了年紀的美國女人赫伯德太太，正同那個綿羊臉的瑞典女人在說話。赫伯德太太把一本雜誌塞進她手裏。

「別客氣，親愛的，你拿去吧。」她說，「我還有好多東西可看呢。哎呀，這樣的天氣真叫人不舒服，是吧？」她和善地向白羅點點頭。

「您真是太好了。」瑞典女人說。

「別這麼說。希望你好好睡一夜，明天早晨頭就不痛了。」

「只不過有點傷風。我去泡杯茶喝喝。」

「你有阿司匹靈嗎？真的有嗎？我帶了好多呢。好吧，晚安，親愛的。」

那個女人離開後，赫伯德太太轉向白羅說起話來了。

「可憐的孩子，她是瑞典人，就我所知，她是個傳教士之類的人。人不錯，可是不大會講英語。她對我女兒的事非常感興趣哩。」

白羅已經知道她女兒的一切——車上所有聽得懂英語的人大概沒人不知道吧！大家都知道她和她的丈夫為何會在史麥那（Smyrna，土耳其西部的港口城市）一所美國人辦的學院任職，本次旅行又怎麼會成為赫伯德太太的首次東方之行，以及她對土耳其人的懶散馬虎和當地崎嶇不平的街道有哪些看法等等。

白羅隔壁房間的門打開了，那個清瘦而蒼白的男僕從裏面走了出來。白羅一眼瞥去，只見雷契特先生端坐在床上。他一看到白羅就面露怒色。接著門就關上了。

赫伯德太太把白羅拉到一旁。

「你知道嗎，我好怕那個人。啊，不是那個僕人，是另一個，他的主人。那個主人，一點沒錯！那個人一定有什麼地方不對勁兒。我女兒總說我的直覺很靈。她說：『只要媽媽一有預感，準沒有錯。』我對那個人就有種預感。他住在我隔壁的包廂，這使我很不舒服。昨天晚上我把和鄰室相通的隔門鎖上了，我發現他曾轉動門把。我跟你說，要是到最後發現那個人是個殺人犯，我也毫不驚訝。他就像是你在報上讀到那類攔劫火車、殺人越貨之流。也許我是瞎想，可是事情就是這樣。我真被那個人嚇死了！我女兒說我這次旅行會輕鬆愉快，可是不知怎的我總感到心緒不寧。也許我是胡思亂想，可是我感到什麼事都可能發生，任何出乎意料的事都可能發生。我真不能想像那個可愛的年輕人怎麼能忍受當他的秘書。」

阿布思諾上校和麥奎恩正朝他們走來。

「到我的房間裏來吧，」麥奎恩對阿布思諾上校說，「反正還沒有到鋪床睡覺的時間。現在我要徹底弄清楚的，是你們對印度的政策——」

這兩人走過他們身邊，進了麥奎恩的房間。

赫伯德太太向白羅道晚安。

「我想我這就上床看一會兒書吧，」她說，「晚安。」

「晚安，太太。」

白羅朝前走去，進了房間。他的房間在雷契特隔壁。他脫了衣服，上床看了約莫半小時書，然後便熄燈休息。

幾個鐘頭後他突然驚醒了。他知道自己是被什麼吵醒的——很響的一聲呻吟，幾近於喊叫，就來自不遠處的某個地方。同時他又聽到一陣清脆的鈴聲。有人按鈴。

白羅起身把燈扭亮。他發現火車停住了——或許是抵達某個車站了。

那叫聲使他吃了一驚。他記得他隔壁住的是雷契特。他下床打開房門，臥車管理員從另一頭匆忙走過來敲雷契特的房門。白羅把門微微打開，從門縫中注視走道上的動靜。管理員又敲了一下門。走道另一端又響起鈴聲，一間房間門上的小燈也亮了。管理員轉頭看了一下。

就在這時候，隔壁房間裏傳來一句法語：

「沒事，我搞錯了。」

「那好，先生。」

管理員又匆匆走開，到那間亮著小燈的房間去敲門了。

白羅上了床，稍稍寬了心，他看了一下手錶，十二點三十七分。接著他就熄燈了。

5 謀殺

白羅發現要立刻重新入睡很困難。首先，火車行進時的那種晃動，他感覺不到了；但如果外面是個車站，那倒是靜得令人納悶。最不尋常的是，車廂裏的噪音竟出奇地響。他可以聽到隔壁房間裏雷契特的動靜——咔啦一聲按下洗臉台的塞子，水龍頭打開後流水的聲音，水的沖濺聲，然後又是咔啦一聲塞子拉開；走道上有腳步聲，那是有人穿著拖鞋曳足而行。

赫丘勒・白羅躺在床上凝視著天花板。外面的車站為什麼這樣安靜？他感到喉頭有些乾。他忘了像往常那樣在睡前要一瓶礦泉水了。他又看了看錶，一點十五分。他想按鈴召喚管理員，要他拿一瓶礦泉水來。他伸手去按鈴，還沒有按就聽到外面有別人按鈴的聲音，他縮回了手。管理員是無法同時應答兩個人的。

叮鈴……叮鈴……叮鈴……

鈴聲一陣又一陣響個不停。管理員哪裏去了？有人不耐煩了。

叮鈴……

不知是誰按住了鈴不放手。

突然，出現一陣急促的腳步聲，管理員來了。他在離白羅房間不遠的地方敲了敲門。接著傳來了講話聲，那是管理員必恭必敬、滿懷歉意的聲音，以及滔滔不絕的急切女聲。

啊，是赫伯德太太！

白羅不覺莞爾。

兩人的爭論——如果可稱為爭論的話——持續了一段時間，其中百分之九十的時間是赫伯德太太在說話，其他時候則是管理員在安撫她。最後，事情似乎解決了。白羅清楚地聽到管理員說：

「晚安，太太。」

然後是關門的聲音。白羅立刻按了鈴。

管理員迅速來到。他看上去餘怒未消而且面有憂色。

「*De l'eau minerable, sil vous plait*（法語：請給我一些礦泉水）。」

「是，先生。」也許是白羅眼中閃爍的光芒使他想傾訴一下心裏話。「那位美國太太——」

「怎麼樣？」

他用手抹了一下前額。

「您只要想一下剛才她和我談了多久就知道了！她硬說她房裏躲著一個男人！您想想吧，先生，房間只有這麼點大，」他比劃了一下，「怎麼躲得了人呢？我跟她爭論了一會兒，告訴她不可能有人躲在她房裏，可是她硬說有。她說她醒過來一睜眼，就看見一個男人站在那兒。我問她，那個男人怎麼可能走出她房間後還能從裏面栓上門栓呢？可是她不聽。好像我們是閒著沒事做一樣。傷腦筋的事可多著哩，就說這場雪——」

「這場雪？」

「是啊，先生，您沒注意到嗎？火車停了，我們碰上了大雪堆。天曉得我們會在這裏停多久。我記得有一次我們被雪圍困了七天。」

「我們現在在什麼地方？」

「在文科威和布羅德兩地之間。」

「唉，唉。」白羅歎道。

管理員走開了，然後帶來了礦泉水。

「晚安，先生。」

白羅喝了一杯水，然後又去睡了。

他剛睡著就又被一種聲音吵醒。這一次似乎有什麼重物跌下來，還「砰」的一聲磕在門上。

他跳下床，開了門。門外什麼也沒有。但是在他右方幾步遠的走道上，有個穿緋紅色便袍的女人匆忙閃進房去。走道另一端，管理員正坐在他的小座位上，在大張紙上填寫帳目。周圍一片死寂。

「一定是我神經錯亂了。」白羅說。

他又回到床上再度入睡。這回他一直睡到早晨。他醒來時火車仍停著。他拉起簾子看看窗外，火車被困在堤岸似的雪堆當中。他看了看錶，已經過九點了。

九點四十五分時，他像往常那樣，修飾得整整齊齊，打扮得漂漂亮亮，走進了餐車廂。眾人都在那兒埋怨、訴苦呢！

旅客之間可能存在的隔閡現在已全部消失了，所有人都因這番雪阻而聯繫在一起。赫伯德太太的悲歎聲是最響的。

「我女兒還說這條路線是全世界最順暢的哩！只要一直坐到巴黎下車就好。可是現在我們可能要在這兒耽擱好幾天了。」她哀叫起來，「而且我預訂了船票，那艘船可是後天就會開走的，這叫我怎麼趕得上？想打個電報退票都沒辦法，真叫人愁死了！」

那個義大利人說他在米蘭還有急事要處理，那個高大的美國人則說：「那真是太不幸了，太太」，並以寬慰的口吻期盼火車會在後頭的旅程把耽誤的時間補回來。

「我的姐姐和她的孩子們都在等我。」那瑞典女人說著也嗚咽了，「我沒辦法通知她們。她們會怎麼想呢？她們會以為我發生意外了。」

「我們會在這裏耽擱多久，」瑪麗．德本漢問道，「這裏沒有一個人知道嗎？」

她的口氣很不耐煩，但是白羅注意到，她並不像先前托羅斯快車受耽擱時那樣的心急如焚。

赫伯德太太又開口了：

「我看哪，在這種地方就算發生天大的事，也不會有人知道狀況，更沒有人會想點辦法。全是一堆外國飯桶！這種事要是發生在美國，哼，至少會有人出來做些什麼。」

阿布思諾上校轉向白羅，字斟句酌地用英國腔的法語說：

「我想，您是這家鐵路公司的董事吧，先生？您能告訴我們——」

白羅微笑著用英語糾正他：

「不，不，我不是，你把我誤認做我的朋友布克先生了。」

「哦，對不起。」

「沒關係，這也難怪，因為我現在住的包廂原來是他住的。」

布克先生沒有到餐車廂來。白羅環顧一下周圍，看看還有誰沒到。

卓戈米羅芙公主和那對匈牙利夫婦都不在這裏。雷契特、他的隨從，以及那個德國女僕也不在。

那個瑞典女人揉了一下眼睛。她說：

「真可笑，我竟像個嬰兒那樣哭了。不管發生什麼事，但願最終主佑平安。」

可是，其他人絲毫沒有她這種宗教情懷。

「真是好極了。」麥奎恩不耐煩地說，「我們也許要在這兒待上好幾天呢。」

「我們現在究竟到哪裏了？」赫伯德太太噙著眼淚問。

有人告訴她，他們還在南斯拉夫，她說：

「喲！一個巴爾幹國家。你還能指望什麼？」

白羅對德本漢小姐說：

「小姐，您是這裏唯一有耐心的人啊！」

她聳聳肩：

「有什麼辦法？」

「您是位哲學家呢，小姐。」

「哲學家要有超然的態度，我可是自私得很。我只是學會不要無謂地讓自己心煩而已。」

她甚至看都沒看白羅一眼。她的目光越過了他，落在窗外積得厚厚的雪堆上。

「您的性格很堅強，小姐。」白羅溫和地說，「我覺得您是我們所有旅客中最堅強的人。」

「不，不，談不上，我知道有人比我堅強得多。」

「那是——」

她似乎突然醒悟過來，意識到自己是在和一個陌生人、一個外國人說話，在這之前，她只和他交談過五、六句話。

她禮貌地笑了笑，笑聲中透露出她的戒心。

「好吧，譬如說那位老夫人。也許你已經注意到她了。她雖然是個很醜的老太太，可是卻相當引人注目。她只需要動一動小指頭，以客氣的聲調要求一樣東西，整列火車的管理員就會為她奔忙起來。」

「我的朋友布克先生也是這樣。」白羅說，「不過那是因為他是這家公司的董事，而不是因為他習慣指使別人。」

瑪麗・德本漢微微一笑。

整個上午就這樣消磨過去。有些人，包括白羅在內，一直留在餐車廂中。這種集體的互動使大家覺得時間比較容易打發。他又聽到了很多關於赫伯德太太女兒的事，也十分熟悉了赫伯德先生生前的生活習慣——從他早上起床開始吃麥片粥早餐，一直到晚上穿著赫伯德太太親手為他編織的睡襪上床休息為止。

正當他在聆聽那個瑞典女人顛三倒四地敘述傳教宗旨時，一位臥車管理員走到了白羅身邊。

「恕我打擾，先生。」

「什麼事？」

「布克先生向您道早安，並希望您能到他那兒去一下。」

白羅起身，向瑞典女人說了抱歉，就隨著管理員走出餐車廂。

那管理員長得挺不錯，個兒高大，他不是白羅那節車廂的管理員。

白羅由他領路，穿過了自己房間所在的車廂，進入下一節車廂。那人在一扇門上敲了兩下，然後閃身讓白羅進去。

這間包廂並不是布克先生住的那間。這是一間上等的二等包廂，因為這個房間比較寬敞；然而目前看來還是太擠了。

布克先生坐在對面角落靠窗的小座位上，坐在他對面的是一個矮小而膚色黝黑的人，他正在看窗外的積雪。站在房間裏幾乎擋住白羅通路的，是一個身穿藍色制服的魁梧男人（列車長）和白羅那節車廂的管理員。

「啊，我的好朋友。」布克先生叫道，「進來，我們需要你啊！」

坐在窗戶邊的那個矮個子往旁邊讓了一下，白羅擠過列車長和管理員坐了下來，面對著他的朋友。

布克先生臉上的表情，白羅只能用「尋思不已」來形容。很明顯，一定是發生了什麼不尋常的事情。

「發生了什麼事？」他問。

「問得好。首先是這場大雪，隨後是火車停頓，而現在——」

他停頓下來。白羅那節車廂的管理員發出了一種彷彿行將窒息的喘息聲。

「現在怎麼了？」

「現在，一位旅客死在他的床上——被人用刀戳死了！」布克先生死氣沉沉地說。

「一位旅客？哪位旅客？」

「一個美國人，名叫——」他查了一下眼前的筆記，「雷契特。沒錯，是叫雷契特吧？」

「是的，先生。」管理員喘著氣說。

白羅朝他看了一眼，只見他面如死灰。

「你最好讓他坐下來，」白羅說，「不然他可能會暈倒。」

列車長稍微讓了一下身子，管理員在角落裏坐了下來，雙手捂住臉。

「啊！」白羅說，「這真是非同小可！」

「當然非同小可。首先，兇殺案本身就是大災難。加上現在境況又特殊——我們的火車動彈不得。我們可能得在這兒停上好幾小時，甚至好幾天！還有一個情況。我們的火車在經過大多數國家時，都有該國的警察上車守衛，可是在南斯拉夫卻沒有。你了解了嗎？」

「的確很棘手。」白羅說。

「還不只這樣呢。康士坦丁醫生——我忘了給你們介紹，這位是康士坦丁醫生，這位是白羅先生。」

那個黑黝黝的矮個兒欠了欠身，白羅也答了禮。

「康士坦丁醫生的看法是，意外發生在半夜一點鐘左右。」

「這種事情很難講得精確，」那醫生說，「可是我想我可以確定死亡時間在午夜十二點到凌晨兩點之間。」

「這位雷契特先生最後一次被人見到是什麼時候？」白羅問。

「據我所知，他在十二點四十分左右還活著，那時他和管理員講過話。」布克先生說。

「沒錯，正是這樣，」白羅說，「我親耳聽到他們交談。在那之後，有人知道還發生過什麼事嗎？」

「有的。」白羅把臉轉向說話的醫生，醫生繼續說道：「雷契特房間的窗戶是開著的，這會讓人以為兇手是越窗逃走的，可是我認為這不過是障眼法。若有人越窗而逃，必然會在雪地上留下腳印，可是現在地上一個腳印也沒有。」

「雷契特的屍體是什麼時候被發現的？」白羅問。

「米歇爾！」

管理員聽到列車長叫他，便坐直身子，他的面容依然蒼白，一副心有餘悸的樣子。

「把你知道的都告訴這位先生。」布克先生說。

管理員結結巴巴地敘述：

「今天早上，雷契特先生的僕人去他房間敲了幾次門，都沒有人應門，然後，半小時前，餐車服務生來了，他想知道這位先生吃不吃午飯。你知道，那時是十一點。

「我用我的鑰匙開了門，可是門上還扣著鐵鏈。房裏沒有人應聲，非常寂靜，而且很冷，窗子開著，雪花都飄進了房間。我想可能是那位先生突然得了什麼病，於是就去找列車長。我們一起敲斷鐵鏈，進了房間，只見他——啊！嚇死人了！」

他用手捂住臉。

「門是從裏面鎖上並扣上鐵鏈的。」白羅思忖，「並不是自殺，是嗎？」

那位希臘醫生冷笑一聲說：

「一個自殺的人能在自己身上戳十刀、十二刀、甚至十五刀嗎？」

白羅睜大眼睛。

「真是殘忍。」他說。

「*C'est une femme*（法語：是女人幹的）。」列車長第一次開口，「準是女人幹的。沒錯，只有女人才會這樣做。」

康士坦丁醫生臉色凝重地思忖著。

「那她一定是個力氣很大的女人。」他說，「我並不打算從技術方面來加以探討，那樣只會使事情混亂不清。可是我可以肯定其中有一兩刀力道很大，把骨頭和肌肉間的韌帶都刺透了。」

「那就顯然不是一樁設計周密的罪行了。」白羅說。

「設計極不周密。」康士坦丁醫生說，「那些刀傷看來都是隨隨便便胡亂戳的，有幾刀只是一劃而過，幾乎沒有造成損傷。看來兇手像是閉著眼睛發瘋似的亂戳一通。」

「是女人幹的，」列車長又說，「女人就是那樣，她們發怒時會變得力大無窮。」他一本正經地大力點頭，令人不禁猜想他一定親身體會過。

「或許我可以做點補充。」白羅說，「雷契特先生昨天和我講過話。根據我的理解，他說他的性命正面臨威脅。」

「也就是有人要『解決他』——一種美式說法，是嗎？」布克先生說，「那就不會是一個女人了。一定是個強盜或一個殺手。」

列車長對自己的看法被否定露出痛心的表情。

「如果真是那樣，」白羅說，「看來也是做得很外行。」

他的口氣傳達出一種專業的否定意見。

「車上有一個高大的美國人。」布克先生邊說邊想，「他是個相貌平凡、裝扮難看的人。他老嚼著口香糖，我相信那不是上等人的舉止。你知道我說的是誰嗎？」

管理員發現布克先生在問他，便點點頭。

「知道的，先生。是住十六號房的那位先生。不過不可能是他，他進出房間我都看得見。」

「不一定，你不一定都看得到。我們待會兒就要來探討這個問題。現在的問題是，該怎麼辦？」

布克先生看著白羅。白羅也看著他。

「喂，我的朋友，」布克先生說，「你知道我要請你幫忙些什麼了吧？我是知道你的能力的。你來主持這場調查吧！不，不，不要拒絕，你知道，這件事對我們來說是很嚴重的。我是代表國際鐵路臥車公司發言。等到南斯拉夫警察來到時，要是我們能把破案經過提供給他們，事情就十分好辦了。不然就會有種種麻煩、拖延，和一大堆傷腦筋的事情，也可能為無辜的人帶來麻煩，誰知道呢？但如果你能揭破這一謎案，我們就可以宣佈『發生了一件兇殺案——兇手正是此人！』」

「假如我破不了案呢？」

「啊，老兄，」布克先生的聲音變得非常溫柔，「我知道你的名聲，也頗知你的辦案手法。對你來說這正是一件理想的案子。要去查找車上所有旅客的來歷，去證實他們是好人，這得花好多時間，而且麻煩無窮。我記得你說過很多次，要破一樁案子，只要躺在椅子上思考就行。就這樣做吧！找車上的乘客個別談話，看一看屍體，檢查一下有何線索，然後——呃，我相信你！我深信你不是空口說大話。躺在那裏思考，運用（我經常聽你說）頭腦裏那小小的灰色腦細胞，你就會找到答案了！」

他身子向前傾，懇切地望著他的朋友。

「你的信心使我感動，我的朋友。」白羅動容地說，「如你所言，這樁案子不會太困難。我自己，昨天晚上……現在先不談這個！事實上這個案子引起了我的好奇心。不到半小時以前我還在想，我們陷在這裏無法動彈，將有多少個小時無事可做啊！想不到現在手邊竟然就有了一個現成的案子。」

「這麼說你是接受了？」布克先生急切地問。

「*C'est entendu*（法語：一言為定），這案子就交給我了。」

「好極了，我們全都聽你差遣。」

「首先我想要有一張伊斯坦堡—加來車廂的平面圖，並且註明每個房間住的乘客。我還想看一下每個人的護照和車票。」

「這些就交給米歇爾了。」

管理員走出房間。

「這列火車上的乘客都是些什麼人？」白羅問。

「這節車廂只有康士坦丁醫生和我。來自布加勒斯特的那節車廂有一位跛足老人，管理員對他很了解。再過去就是普通車廂了，它們和案子扯不上關係，因為昨天晚飯過後，通道的門就鎖住了。在我們這節車廂前面只有一節餐車廂。」

「這樣看來，」白羅慢吞吞地說，「似乎我們只能在這節車廂中尋找兇手了。」他轉向醫生，「你方才的話也是這個意思，是嗎？」

那個希臘人點點頭。

「我們的火車是在午夜十二點半陷入雪堆的，從那之後，誰都無法離開車廂。」

布克先生鄭重地說：

「兇手就在我們身旁——在這列火車上。」

6 女人幹的？

「首先，」白羅說，「我希望和那位年輕的麥奎恩先生談談。他也許可以提供一些有價值的情報。」

「一定可以。」布克先生說，轉向列車長：「請麥奎恩先生到這裏來。」

列車長走了出去。

管理員捧著一大堆護照和車票走了進來。布克先生接了過來，說：

「謝謝你，米歇爾。現在，我想你最好回到你的崗位上去，過一會兒我們再找你正式談話。」

「好的，先生。」他又走了出去。

「等我們見過麥奎恩之後，」白羅說，「或許醫生先生願意陪我到死者的房間去看一下？」

「當然。」

「等我們看完之後——」話還沒說完，列車長就領著赫克特・麥奎恩進來了。

布克先生站了起來，輕鬆地說道：

「這裏地方太小；麥奎恩先生，請坐這兒吧！這樣白羅先生便可以和你面對面說話。」他又對列車長說：「把餐車廂裏的客人都請走，給白羅先生騰出一塊地方來。」然後對白羅說：「你在那裏進行個別談話好嗎，朋友？」

「好啊，那再好不過了。」白羅說。

麥奎恩一直站在那裏，看看布克又看看白羅，還不怎麼跟得上他們之間用法語進行的快速對話。他吃力地用法語說：

「有什麼事？為什麼找我來？」

白羅做了個手勢，示意他在角落的椅子上坐下。他照著做了，然後又用法語說：

「為什麼找我？」接著他頓了一下，又用英語問：「火車上發生了什麼事？出了什麼事嗎？」

他看看白羅又看看布克先生。

白羅點點頭說：

「沒錯，出事了。做好心理準備，不要嚇到了——你的老闆雷契特先生死了！」

麥奎恩噘嘴吹了一聲口哨。除了一雙眼睛稍稍發亮之外，並沒有任何震驚或悲痛的神情。

「這麼說，他們終於逮到他了？」他說。

「這話是什麼意思，麥奎恩先生？」

麥奎恩遲疑不語。

「你以為，」白羅說，「雷契特先生遭到了謀殺，是嗎？」

「他不是被謀殺的嗎？」這時麥奎恩倒露出驚訝的神色了。「唉，是呀，」他慢吞吞地說，「我的確是那樣認為的。你是說，他就那麼在睡夢中死去了嗎？這老頭兒可是結實得像個——呃，像個——」

他停下來，尷尬地笑了笑。

「不，不是的，」白羅說，「你說的沒錯，雷契特先生是被謀殺，被人用刀戳死的。不過我想知道，你怎麼會判斷他是被謀殺而不是——自然死亡。」

麥奎恩又遲疑了。

「我必須先弄清楚，」麥奎恩說，「你到底是誰？你跟這事有什麼關係？」

「我代表國際鐵路臥車公司。」白羅頓了一下，又補充說，「我是個偵探，名叫赫丘勒・白羅。」

如果他想期待什麼反應，那是白等了。麥奎恩僅僅說了一句：「噢，是嗎？」就等他繼續講下去。

「你也許聽過這個名字吧？」

「嗯，聽來似乎有些耳熟。只是我總以為那是一位女裝裁縫的名字。」

赫丘勒・白羅嫌惡地看著對方。

「簡直難以置信！」白羅說。

「什麼難以置信？」

「沒什麼。我們繼續談眼前的事吧。麥奎恩先生，我要知道有關死者的一切。你和他沒有親戚關係吧？」

「沒有，我是他的秘書。」

「這個工作你做幾年了？」

「才一年多。」

「請把你知道的事情都告訴我。」

「好吧。我是一年多以前在波斯（伊朗的舊稱）認識他的——」

白羅插話說：

「你在波斯做什麼？」

「我從紐約到那兒去調查一項石油開採權的事情，關於那件事的細節我想你不會有興趣。我和幾個朋友在這上頭被人坑得很慘。雷契特先生當時正好和我住同一個旅館。他剛和他的秘書吵了一架，便給了我這個差事，我接受了。我正好沒有事做，很樂於找到這樣一個現成、薪俸優渥的工作。」

「然後呢？」

「我們到處旅行。雷契特先生想周遊世界，可是吃虧在不懂外語。我的工作與其說是秘書，不如說是跟班。這種日子倒是過得挺愉快的。」

「現在，盡可能地詳細說明你老闆個人的情況吧。」

那年輕人聳聳肩膀，臉上出現一絲困窘的神色。

「那可不怎麼容易。」

「他的全名是什麼？」

「賽繆爾・愛德華・雷契特。」

「他是美國公民嗎？」

「是的。」

「他是美國什麼地方的人？」

「我不知道。」

「那就告訴我你知道的吧！」

「實際情況是，白羅先生，我什麼都不知道！雷契特先生從來不談他自己或是他從前在美國的事。」

「你認為那是為什麼呢？」

「我不知道。我猜想他可能覺得自己早年的經歷不光采吧，有些人是這樣的。」

「你認為這樣的解釋能令人滿意嗎？」

「說實在的，不能。」

「他有什麼親戚嗎？」

「他從來沒提到過什麼親戚。」

白羅緊追不捨。

「你對此一定有某種看法吧，麥奎恩先生？」

「啊，是的，我有我的看法。首先，我不相信雷契特是他的真名。我認為他之所以離開美國，一定是想避開什麼人或什麼事。我想他是成功地做到了這一點——直至幾個星期前。」

「幾個星期前怎麼樣？」

「他開始接到信件，恐嚇信。」

「你看過那些信嗎？」

「看過。替他處理信件正是我的工作。第一封恐嚇信是兩個星期前收到的。」

「這些信銷毀了沒有？」

「沒有。我記得仍有兩封放在我的文件夾裏。有一封是雷契特先生在盛怒之下撕掉的。要我取來給你看嗎？」

「如果你願意幫忙的話。」

麥奎恩走出房間。幾分鐘之後他回來，把兩頁相當髒的筆記紙放在白羅面前。

第一封信是這樣寫的：

你以為你能騙過我們而逃之夭夭嗎？絕不可能。我們要去抓你了，雷契特，我們一定會逮到你的！

信末沒有署名。

白羅挑了挑眉毛，沒有說話，繼續看第二封信。

我們要把你架走幹掉，雷契特，就在最近。我們要來抓你了，明白嗎？

白羅把信放下。

「文句非常普通，」他說，「比筆跡還無特色。」

麥奎恩看著他。

「這你是看不出來的，」白羅輕聲說，「這需要看慣這類東西的人才能分辨。麥奎恩先生，這封信不是一個人的手跡，是好幾個人一起寫的，每個人輪流寫一個字母，而且寫的是正體。這樣就更難辨明筆跡了。」

他停了一下，又說：

「你知道雷契特先生曾向我求助嗎？」

「向你？」

麥奎恩的口氣非常驚訝，顯然他並不知道有這樣的事。

白羅點點頭說：

「是的，他嚇壞了。告訴我，他收到第一封信時有什麼反應？」

麥奎恩遲疑了一下，說：

「很難描述。他……他像往常那樣一笑置之。可是，」他微微戰慄了一下，「不知怎的，我總覺得他在不動聲色的外表下，隱藏著強烈的情緒起伏。」

白羅點點頭，然後他問了一個令人意外的問題：

「麥奎恩先生，你願不願意老老實實地告訴我，你到底認為你的老闆是個什麼樣的人？你喜歡他嗎？」

赫克特‧麥奎恩想了一會兒才回答：

「不，我不喜歡他。」

「什麼原因呢？」

「我說不上來。他的態度相當和氣。」他歇了歇，又說，「我跟你說真話，白羅先生，我不喜歡他，也不信任他，我確信他是個殘忍而危險的人物。儘管我必須承認我提不出什麼理由。」

「謝謝你，麥奎恩先生。還有一個問題。你最後一次看見他是在什麼時候？」

「是昨天晚上，大約——」他思索了一會兒，「大約十點鐘的時候。我到他房間去替他記下他口授的備忘事項。」

「是些什麼事情？」

「關於他在波斯買的一些花磚和古老的陶器。他收到的貨品和他訂購的不符。有關這件事，雙方已經傷腦筋地通了很久的信了。」

「那麼這一次就是雷契特先生最後一次被別人見到他活著了？」

「我想是的。」

「你知道雷契特先生是什麼時候接到最後一封恐嚇信的嗎？」

「在我們離開君士坦丁堡那天早晨。」

「我還必須問你一個問題，麥奎恩先生。你和你老闆相處得還好嗎？」

年輕人突然眨了幾下眼睛，然後說：

「你以為這個問題會使我渾身起雞皮疙瘩吧？用一本暢銷書上的話來講：『你挑不出我的毛病』。雷契特先生和我相處得非常融洽。」

「麥奎恩先生，請告訴我你的全名和你在美國的住址好嗎？」

麥奎恩寫下了他的全名：赫克特・維勒德・麥奎恩，以及一個在紐約的住址。

白羅往後一仰，把背靠在靠墊上。

「就先這樣吧，麥奎恩先生。」他說，「如果你能暫時不把雷契特先生死亡的消息講出去，我會非常感激。」

「他的男僕馬斯特曼，一定會知道的。」

「他或許已經知道了，」白羅冷冷地說，「如果是這樣，那麼設法叫他不要聲張。」

「那倒不難，他是個英國人，一向是所謂的『自己顧自己』。他是看不起美國人的，而對其他國家的人則是不置可否。」

「謝謝你，麥奎恩先生。」

這個美國人退出了房間。

「怎麼樣？」布克先生問，「你相信這年輕人的話嗎？」

「他看來還算老實坦率，他並沒有假裝對他的雇主有什麼好感。如果他和案子有牽連，就可能會假裝一番。看來雷契特確實沒透露他想雇用我卻遭我拒絕這件事。不過我認為這並無疑端。我猜想雷契特這個人是什麼事都盡可能自己拿主意而不和別人商量的。」

布克先生快活地說：

「這麼說來，你至少已能肯定有一個人和罪案無關了。」

白羅不以為然地看了他一眼：

「我不到最後一分鐘是不會放棄對任何人的懷疑的。不過我必須承認，我不相信這位神志清楚、頭腦精明的麥奎恩，會突然發瘋用刀把人捅十二下或十四下。這不符合他的心理狀態，完全不符合。」

「是的，」布克先生深思著說，「那種行動，只有被狂熱的仇恨逼得幾乎發瘋的人才做得出來——那比較像是拉丁民族的性格。要不然就是像我們列車長說的，是出自女人之手。」

7 屍體

白羅在康士坦丁醫生的跟隨下走向下一節車廂，去察看被害者的房間。管理員走過來用鑰匙替他們打開房門。

這兩個人走進了房間。白羅轉向他的同伴詢問道：

「這裏有哪些東西被動過？」

「什麼都沒動過。我在進行檢查時也很小心，沒有挪動屍體。」

白羅點點頭。他環顧一下四周，首先強烈感覺到的是房裏極其寒冷。窗戶敞開著，簾子已拉起。

「真冷。」白羅打了個哆嗦。

康士坦丁醫生微微一笑，頗為得意。他說：

「我當時想，還是任它敞開著的好。」

白羅仔細地檢查了一下窗口，說道：

「你說得對，沒有人從窗口跳出去。打開窗戶可能是想讓人以為有人跳了窗，但是，假使真是這樣，這場大雪也使兇手的打算落了空。」

他又仔細察看了窗框，並從口袋取出一個小匣子，把一些粉末吹在窗台上。

「一個指紋也沒有，」他說，「這就表明窗台已有人擦拭過了。不過，就算有指紋，也說明不了什麼。也可能是雷契特先生自已留下的，也可能是他的男僕的，或是管理員的。現在一般罪犯都不會犯這種錯誤了。既然如此，」他輕鬆地接著說，「我們還是把窗戶關起來吧，這裏簡直成了冷凍庫！」

他說罷就關上了窗，然後才去察看床上那具僵直的屍體。

雷契特仰面躺著。他的睡衣上血跡斑斑，鈕釦開著，衣服已被翻起。

醫生解釋說：

「我必須檢查傷口的情況，這你知道的。」

白羅點點頭。他俯身察看了一會兒屍體，最後直起腰來，臉上一副怪表情。

「真是不好看，」他說，「一定是誰站在那裏一刀又一刀地捅他，到底總共捅了幾刀？」

「我數的是十二刀。有一兩刀是輕輕掠過，只是刮傷而已，可是，至少有三刀是致命的。」

醫生的口氣有些不尋常，引起了白羅的注意。他兩眼直直地盯著醫生。這位矮小的希臘人正站在那裏俯看屍體，迷惑地皺著眉頭。

白羅輕聲問道：

「你感到這件事有些蹊蹺是不是?說說看，我的朋友，有什麼地方使你迷惑不解嗎?」

「有的。」醫生說。

「是什麼事呢?」

「你看這兩個傷口，這個，還有這個，」他指指點點，「傷口很深，每一處都切斷了血管，可是，傷口邊緣卻並不張裂，傷口並沒有像一般所想像的那樣流血。」

「這表示——」

「這表示戳那兩刀時，他人已經死了——已經死了一會兒了。當然這是很不可思議的。」

「看來似乎很不可思議。」白羅思索著說，「除非這個兇手深怕任務尚未完成，為保險起見，再回來補上兩刀。可是這顯然很不可能!還有別的嗎?」

「還有一點。」

「是什麼?」

「你看這一處傷口，在右臂後方，靠近右肩。你拿我這支鉛筆試試。你能戳出這樣的一刀嗎?」

白羅抬起手。

「確實是這樣，」他說，「我明白了。要用右手，那就非常困難，幾乎不可能，只能反手戳。可是如果用左手戳——」

「一點也沒錯，白羅先生，這一刀幾乎可以確定是用左手戳的。」

「那麼這位兇手是個左撇子？不，那也不盡然，不是嗎？」

「沒錯，白羅先生。其他那幾刀顯然是右手戳的。」

「那就是有兩個人。我們又回到這個假設了。」這位偵探喃喃說著，突然他問道：「當時電燈亮著嗎？」

「這很難說。你知道，管理員是每天上午約莫十點鐘關燈的。」

「看看開關就知道了。」白羅說。

他先檢查了頂燈的開關，然後又看了一下往內翻轉的床頭燈。前者是關掉的，後者也按上了。

「好吧，」他思考著說，「現在我們可以做一個假設，那就是有兩個兇手，正如偉大的莎士比亞會構思的那樣。第一個兇手在戳了受害者之後就離開房間，並且關了燈。第二個兇手摸黑進了房間，並不知道自己想做的事已由別人完成了，因而又在死者身上戳了至少兩刀。*Que pensez vous de ça*（法語：這個假設你認為怎麼樣）？」

「妙極了。」這位矮個兒醫生興奮地說。

白羅眨了一下眼睛：

「你真的這樣認為嗎？我十分高興。可是這個假設在我聽來有點無稽。」

「那還能有什麼解釋呢？」

「這正是我要問自己的問題。我們在這裏說的情況是巧合或是什麼？還有沒有什麼矛盾之處，可以顯示兇手可能有兩個人？」

「我想還是有的。我已經說過，這幾刀中有一些戳得很輕，表示缺乏決心，只是一劃而過。可是這裏這一刀，以及這一刀——」他指來指去，「卻需要很大的力氣。這兩刀把肌肉都刺透了。」

「據你的看法，那是男人戳的嗎？」

「確定無疑。」

「不可能是女人戳的？」

「除非是個年輕力壯的女運動員，倒也可能，尤其是如果她正處於情緒極為激動的情況。不過我認為這種可能性很小。」

白羅沉默了一會兒。

醫生急切地問道：

「你了解我的意思嗎？」

「完全了解，」白羅說，「事情簡直越來越清楚了。兇手是個強壯有力的男人，是個體弱的人；兇手是個女人，是左撇子，又是右拐子——*Ah! c'est rigolo, tout ça*（法語：

這不是在開玩笑嗎）？」突然他冒起火來：「可是這個受害者，在這整個過程中他幹了些什麼呢？他叫喊了嗎？他掙扎了嗎？他設法自衛了嗎？」他把手伸到枕頭底下，抽出了雷契特前一天給他看過的那把自動手槍，「你看，子彈都上了膛呢。」他說。

他們環視四周。雷契特白天穿的衣服掛在牆上。在那張由洗臉台的蓋板兼充的小桌面上，擺著各種東西——一只盛水的玻璃杯，裏頭放著一副假牙；另一只玻璃杯是空的；一瓶礦泉水，一個大瓶子，還有一個煙灰缸，裏面有雪茄的煙蒂和幾片燒糊了的紙，以及兩根燃過的火柴。

醫生把那只空無一物的玻璃杯拿到鼻子前面嗅了嗅。

「我知道受害者為什麼沒有反應了。」他輕聲地說。

「吃了安眠藥嗎？」

「是的。」

白羅點點頭。他撿起那兩根燃過的火柴，仔細地察看。那位矮個兒醫生急切地問道：

「找到線索了嗎？」

白羅說：

「兩根火柴的形狀不一樣。其中一根比較扁平。你看得出來嗎？」

「這是火車上供應的火柴，」醫生說，「用紙盒裝的。」

白羅伸手到雷契特的衣服內裏摸了一下，拿出一盒火柴。他把火柴比對了一下。

「這根較圓的火柴是雷契特先生劃燃的，」他說，「我們再來看看他有沒有那種扁形的火柴。」

可是再也找不出其他火柴了。

白羅的目光在房裏四處打轉，那眼光既明亮又銳利，像鳥眼一樣，讓人覺得任何蛛絲馬跡都無所遁形。

突然，他輕微地驚呼了一聲，彎下腰從地板上撿起了什麼東西。

那是一塊小小的、方形的細紗手絹，非常精緻，手絹的一角還繡著一個字母——H。

「一條女用手絹，」醫生說，「我們的列車長說對了。這案子的確和女人有關！」

「而且竟如此便宜了我們，把手絹遺落在這裏！」白羅說，「完全像小說或電影的情節。而且，為了讓我們破起案來更容易些，手絹還標上了一個字母。」

「我們運氣真好啊！」醫生驚喜地說。

「是嗎？」白羅說。

他的口氣有些異樣，使醫生感到困惑。可是他還沒問個明白，白羅又彎下腰去了。

他攤開手掌，這一次出現的是一根煙斗通條。

「這也許是雷契特先生的東西吧？」醫生說。

「他口袋裏並沒有煙斗，也沒有煙絲或煙絲袋。」

「那麼這是個線索了。」

「哦，那當然。而且又是如此便宜我們，竟然掉在地上。這次是個男人的線索，你注意到了吧！誰也不能抱怨說這件案子找不到線索了，線索多得很。順便問一下，兇器你怎麼處理了？」

「我沒看到什麼兇器。一定是兇手帶走了。」

「這又是為什麼呢？」白羅思忖。

「啊！」醫生小心摸索了死者的睡衣口袋後說，「我忽略了這個。我解開他上衣的鈕釦後便把衣服翻上去了。」

他從死者胸前的口袋中取出一只金錶。錶殼上有很深的凹痕，錶針指著一點十五分。

「看哪！」康士坦丁醫生急切地叫道，「這就是案發時間。這和我的估計是符合的。我曾說死亡時間是在午夜至凌晨兩點之間，或許在一點左右，雖然這很難精確估計。唔，這會兒我們找到證據了。一點十五分，這就是兇手行兇的時間。」

「沒錯，有此可能，當然有此可能。」

醫生看著白羅，露出茫然不解的眼神。

「請包涵，白羅先生，可是你的話我不大明白。」

「我自己也不大明白。」白羅說，「我什麼也不明白，而且你也看得出，我很傷腦筋。」

他歎了口氣，俯身審察著小桌面上那些燒焦的紙片，自言自語地說：

「此刻我需要一個舊式的女帽匣。」

康士坦丁醫生簡直不知道如何回答這句突如其來的話。不過白羅並未讓他有發問的機會。他打開通往走道的房門，叫了管理員。

管理員跑了過來。

「這節車廂住了幾位女士？」

管理員扳著手指數著：

「一位、兩位、三位……六位，先生。美國老太太，瑞典女士，年輕的英國女士，安雷尼伯爵夫人，還有卓戈米羅芙公主和她的女僕。」

白羅略加思索。

「她們都帶著帽匣吧？」

「是的，先生。」

「那就把——呃，我想想……是了，把瑞典女士和那位女僕的帽匣拿來給我。只能寄望於那兩個帽匣。你可以對她們說這是海關的規定，就說——你想到什麼就說什麼吧。」

「沒問題，先生。這兩位女士此刻都不在房間。」

「那就快去拿來。」

管理員走了出去，回來時拿著兩個帽匣。白羅先揭開女僕的帽匣，看了看就放在一邊。然後他打開了瑞典女士的帽匣，隨即發出一種表示滿意的聲音。他小心地把帽子取出，裏面露出了用鐵絲盤繞高高聳起的支架。

「啊，這正是我們需要的東西，十五年前的帽匣就是這樣的。帽子放在這個鐵絲支架上，用一支帽針穿進帽子，便卡在盤繞絲上了。」

他一邊說著，一邊靈巧地將帽匣內兩個鐵絲支架取了出來，然後把帽子放回匣中，並叫管理員把兩個帽匣都拿回去歸還原主。

管理員關上房門後，白羅對他的同伴說：

「你看，親愛的醫生，我並不是光依賴專業偵查技術的人。我要探索的不是指紋或煙灰，而是心理狀態。不過在目前這件事上，我倒願意利用一些科學上的輔助。這個房間裏到處留有線索，可是我能確信那些線索都是真的線索嗎？」

「這話我不大懂，白羅先生。」

「好吧，舉例來說，我們發現了一條女用手絹。它是一個女人掉落在地上的嗎？或者是一個男人做了案，心裏盤算著：『我要使這件案子看來像是一個女人幹的。我要把我的仇人故意多戳上幾刀，來幾刀軟弱無力不傷肌體的，我還要丟一條手絹在地上，讓誰都看得見』。這只是一種可能性。還有另一種可能性——會不會是一個婦女行了兇，然後故意遺落一根煙斗通條在地上，使人以為是一個男人幹的呢？或者，我們能不能當真認為有兩個人，一男一女，各做各的，而兩人都粗心大意留下了線索呢？這未免太巧了吧！」

「那麼，帽匣跟這事又有什麼關係呢？」醫生感到困惑不解。

「啊，我這就要說了。依我看，這些線索，譬如錶針停在一點一刻上，還有手絹、煙斗通條這些東西，可能是真線索，也可能是假線索，目前我還無法斷定。不過，有一個線索我相信（雖然我也可能弄錯）並非故佈疑陣。我說的是這根扁平的火柴，醫生先生。**我相信這根火柴不是雷契特先生用剩的，而是兇手留下來的**。它被用來燒毀一張能構成某種罪證的紙片，也許是一張便條。如果是這樣，那麼便條上一定有什麼線索透露了行兇者的身份。我現在就是要設法使證據重現。」

他走出房間，一會又回來，手裏拿著一只小小的酒精燈和一把弧形鉗子。他指著鉗子說：

「我用這東西來弄捲鬍鬚。」

醫生好奇地看著他。他先把那兩捲隆起的帽架按平，然後小心翼翼地將那張燒糊的紙片穿到第一個帽架上，再把另一個帽架覆壓在上面。接著他用鉗子把這堆東西夾起來，拿到酒精燈上方。

「這是權宜之計，」他轉頭說，「希望能奏效。」

醫生專心地注視著他的每一個動作。帽架開始發紅了。忽然他看到紙上隱隱約約浮現出一些字。字跡一個接一個慢慢出現——由火形成的字。

那張紙片很小，上面只有一句不完整的句子：

……記小黛西‧阿姆斯壯。

「啊！」白羅叫出聲來。

「這讓你想到什麼嗎？」醫生問。

白羅兩眼閃耀著光芒。他輕輕地放下鉗子，說道：

「是的，現在我知道死者的真實姓名了，我知道他為什麼不得不離開美國了。」

「他的真名是什麼？」

「卡賽第。」

「卡賽第……」康士坦丁醫生皺起眉頭，「好像聽過這名字。幾年前，我記不起來了……那是發生在美國的一樁案子，是嗎？」

「是的。」白羅說，「發生在美國。」

白羅似乎不想進一步談論那樁案子。他看看四周，然後說：

「我們這就開始全面調查。但是先確認一下有沒有遺漏掉什麼。」

他再次迅速而熟練地搜查了死者的衣服口袋，沒有發現什麼特別的東西。他試了一下通往鄰室的門，發現另一邊已鎖上了。

「有一件事我不明白，」康士坦丁醫生說，「要是兇手並沒有跳窗，要是通往鄰室的門已在另一邊鎖上，而通往車廂走道的房門不僅從裏面鎖住而且還上了鏈條，那麼，兇手是怎麼逃出去的呢？」

「這正是觀眾看到魔術師把一個手腳被綁住的人從箱子中變不見時會問的問題。」

「你的意思是——」

「我是說，」白羅解釋，「如果兇手企圖讓我們相信他是跳窗而去的，那他自然要使我們認為其他兩個出口都不可能出去了。就像表演『箱中遁形』一樣，那是在變戲法。現在我們的任務是要查清這個戲法是怎麼變的。」

他伸手把隔門這一邊的鎖也鎖上。他說：

「免得那位天才的赫伯德太太探得兇案的第一手資料，寫信去告訴她女兒。」

他再次環視四周。

「我認為我們在這裏沒有事做了。我們去找布克先生吧。」

8 阿姆斯壯綁票案

他們到布克先生的包廂時，他正吃完一份炒蛋。

「我想最好讓餐廳立即開飯，」他說，「以便盡早清理乾淨，讓白羅先生進行詢問。我已經叫他們替我們三人送些餐點到這裏來。」

「這辦法不錯。」白羅說。

醫生和白羅不餓，所以這頓飯很快就吃完了。喝咖啡時，布克先生提起了佔據三人心思的那件事。

「怎麼樣？」他問。

「哦，我已經查明死者的真實身份了。我知道他為什麼要匆匆離開美國。」

「他是什麼人？」

「你可記得幾年前阿姆斯壯家的小女孩遭到綁票的事嗎？他就是殺害小黛西・阿姆斯壯的兇手卡賽第。」

「我想起來了。那是件駭人聽聞的案子，不過細節我不記得了。」

「阿姆斯壯上校是英國人，曾被授予維多利亞十字勳章。他有一半美國血統，母親是華爾街百萬富翁范・德・哈爾特的女兒。他娶了當年最負盛名的美國悲劇女演員琳達・亞登的女兒為妻。他們在美國定居，生了一個女兒，十分寵愛。但那女孩三歲時被人綁票，要求的贖金高得離譜。我不贅述後來發生的細節，直接跳到後面。上校付了二十萬美元的贖金，看到的卻是女兒的屍體，當時她至少已死了兩星期。大眾對此事憤慨到了極點。更悲慘的是，阿姆斯壯太太當時有孕在身，她獲知女兒被害的噩耗，驚慟過度，導致腹中嬰兒早產夭亡，她自己也一病不起。她的丈夫，也心碎得自戕身亡。」

「天哪，多悲慘啊！我想起來了，」布克先生說，「另外還死了一個人是吧？」

「是的，一個不幸的法國或瑞士年輕保姆。警方確定她同案件有牽連，拒絕相信她那歇斯底里般的否認。最後，這個可憐的女孩走投無路，便跳樓自殺了。事後的調查證明，她和綁票案毫無瓜葛，絕對清白。」

「這件事想起來就令人難過。」布克先生說。

「大約過了六個月之後，綁票集團的首領——就是這個卡賽第——被捕了。這幫人在過去也幹過同樣的事。只要感到警方已在追蹤，他們就先撕票，把屍體藏起來，然後繼續勒索大量的贖金。

「現在，老朋友，我要把事情講清楚。犯下綁票案的就是卡賽第！然而，他用賄賂和要脅等手段，竟鑽了法律漏洞而被判無罪。儘管如此，如果他不是機靈地溜掉的話，一定會被大眾私下處死的。現在我知道後來的發展了。他改名換姓，逃離美國，從此周遊各國，靠著手頭的鉅額財富過日子。」

「*Ah! quel animal!*（法語：哼！真是個畜生）。」布克先生的口氣充滿了厭惡，「他死也活該，我毫不惋惜！」

「我也同意。」

「不過，他還是不一定非在東方快車上被殺吧？能殺他的地方多得很。」

白羅微微一笑，他知道布克先生對此不免有意見。

「現在我們必須查明的是，」他說，「這樁謀殺案是那些被卡賽第陷害的匪徒幹的，還是有人在為阿姆斯壯家報仇？」

他說明他從那張燒糊的紙片上發現了一些字。

「要是我的假設沒有錯，這張紙片應該是兇手燒掉的。為什麼呢？因為它提到了『阿姆斯壯』這個字，而這正是解開謎題的關鍵。」

「阿姆斯壯家還有什麼人活著嗎？」

「這個，很遺憾，我不知道。但我曾經在報上看過阿姆斯壯太太的妹妹的報導。」

白羅敘述他和康士坦丁醫生的推論。提到那只壞掉的錶時，布克先生眼睛一亮。

「看來那只錶已把行兇的確切時間告訴我們了。」

「是的。」白羅說，「真是要什麼有什麼。」

他的口氣耐人尋味，另外兩人好奇地看著他。

「你說你曾在十二點四十分時聽到雷契特跟管理員說話？」

白羅把當時發生的情況說了一遍。

「好吧，」布克先生說，「這至少證明卡賽第——或雷契特，我還是這樣叫他——在十二點四十分時確實還活著。」

「精確地說，是十二點三十七分。」

「也就是說，在十二點三十七分——這是正式說法——雷契特還活著。這至少是個事實。」

白羅沒有答話。他坐在那裏若有所思地望著前方。有人敲門，餐車侍者走了進來。

「餐車裏已經沒有人了，先生。」他說。

「我們上那兒去。」布克先生站了起來。

「我可以一起去嗎？」康士坦丁問。

「當然可以，親愛的醫生，除非白羅先生反對。」

「一點也不，一點也不。」白羅說。

「請吧，先生。」

「不，不，你先請。」

在一番例行的謙讓之後，他們走出了包廂。

第二部　證詞

1 臥車管理員的證詞

餐車中一切準備就緒。

白羅和布克先生在一張桌子的同一邊坐下。醫生坐在走道上，白羅面前的桌上擺著一份伊斯坦堡—加來車廂的平面圖，上面用紅墨水註明各個包廂的乘客姓名。乘客的護照和車票堆放在桌子的另一邊。桌上還備有白紙、墨水、鋼筆和鉛筆。

「好極了，」白羅對布克先生說，「我們這就可以開始詢問，不用再做其他佈置了。首先我想我們應該聽取臥車管理員的證詞。你或許對此人有所了解。他是什麼樣的人?他說話可靠嗎?」

「我敢保證，毫無問題。皮耶・米歇爾在本公司任職已經超過十五年，他是法國人，住在加來附近。為人十分正派，誠實可靠，不過才智比較平庸。」

白羅會意地點點頭。

「好吧。」他說，「我們先找他談談。」

皮耶・米歇爾已略微鎮定些，可是仍顯得極為緊張。

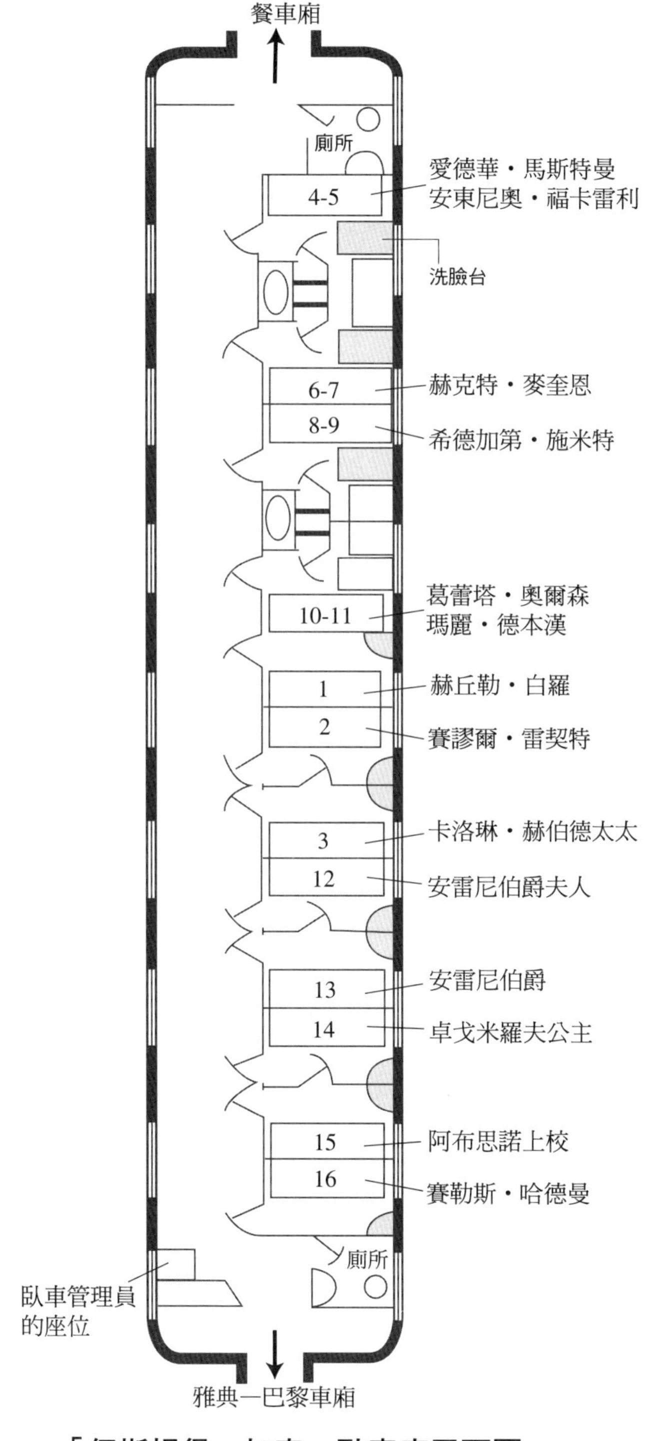

「伊斯坦堡—加來」臥車廂平面圖

「我希望先生不會認為我有任何失職之處。」他焦急地說，眼光從白羅臉上移到布克先生身上，「這件事太可怕了，我希望先生不要認為這件事與我有任何關聯。」

白羅先好言安慰，消除他的恐懼心理，然後開始問話。白羅先問了他的姓名、住址、年資，以及在這條路線上服務的時間。這些細節白羅其實都已知道，不過這些例行問話有助於消除米歇爾的緊張情緒。

「現在，」白羅繼續說，「我們談一下昨晚的事吧。雷契特先生是什麼時候去睡覺的？」

「幾乎一吃完晚飯就去睡了，先生，實際上是在列車駛離貝爾格萊德之前。前一天晚上他也是這麼早就睡的。他在吃晚飯時就吩咐我去替他把床鋪好，我照著辦了。」

「後來還有誰到他房裏去過嗎？」

「他的男僕，還有那位年輕的美國男士，也就是他的秘書。」

「此外還有別人嗎？」

「沒有了，先生，至少我沒看見。」

「好。那是你最後一次見到他或聽到他講話嗎？」

「不，先生。您忘了，他在大約十二點四十分時按過鈴，就是火車停下來之後不久。」

「當時的情況是怎樣的？」

「我去敲了門，可是他答說他搞錯了。」

「他當時說的是英語還是法語？」

「法語。」

「他是怎麼說的？」

「『沒事，我搞錯了。』」

「沒錯。」白羅說，「我聽到的也是這樣。那麼，你就走開了嗎？」

「是的，先生。」

「你有沒有回到你的座位上去？」

「沒有，先生，我先去應答另一位客人的召喚。」

「米歇爾，現在我要向你提出一個重要問題。一點十五分的時候你在什麼地方？」

「我嗎，先生？我是坐在車廂末端我自己的小座位上，正對著走道。」

「你確定嗎？」

「沒錯，只是——」

「怎麼樣？」

「我到過隔壁車廂——那節雅典車廂，和同事聊了幾句，談到了這場大雪。那是在一點鐘過後不久，確切的時間我不確定。」

「後來你又回到這節車廂。什麼時候回來的？」

「有人按了服務鈴，先生，我記得我跟您講過。就是那位美國太太，她按了好幾次鈴。」

「我記得，」白羅說，「在那之後呢？」

「之後嗎，先生？我又應了您的召喚，給您送去了一些礦泉水。然後，大約半小時之後，我又到另一個房間去鋪床，那是雷契特先生的秘書，那位年輕美國男士的房間。」

「你去替麥奎恩先生鋪床時，只有他在房裏嗎？」

「十五號房的那位英國上校也在他房裏，坐著和他談話。」

「上校離開麥奎恩先生的房間後做了什麼？」

「他回到自己的房間去了。」

「十五號房離你的座位很近，是嗎？」

「是的，先生。那間房間是從車廂那一頭數來第二間。」

「他的床已經鋪好了嗎？」

「是的，先生。我是在他吃晚飯時替他鋪好的。」

「這一切結束時是幾點鐘了？」

「我不確定，先生。不過，一定不會超過兩點鐘。」

「那之後呢？」

「之後，先生，我就在自己的座位上一直坐到天亮。」

「你沒有再到雅典車廂去嗎？」

「沒有，先生。」

「也許你睡著過吧？」

「沒有，先生。火車停著不動，我就不會像往常那樣打盹兒。」

「你有沒有見到哪一位旅客在走道上走動？」

管理員回想了一下。

「有的。有一位女士到車廂另一頭的廁所去過。」

「哪一位女士？」

「我不知道，先生，那是在走道的另一頭，而且她是背對著我。她身上穿的是緋紅色的便袍，上面有龍形花紋。」

白羅點點頭。

「在那之後呢？」

「之後就沒任何動靜了，先生，直到早晨。」

「你沒記錯嗎？」

「啊，請原諒我冒犯，您，先生，您曾經開門向外面瞥了一眼。」

「很好，我的朋友。」白羅說，「我正在想你會不會忘了這件事。順便提一下，我是被響聲驚醒的，聽起來像是什麼沉重的東西砰的一聲倒在我的門上。你想那會是什麼呢？」

管理員目不轉睛地看著白羅。

「想不出，先生。我可以確定沒有東西。」

「那一定是我做惡夢了。」白羅自我解嘲地說。

「除非，」布克先生說，「你聽到的聲音是發自隔壁房間。」

白羅對這一猜測未予理會。或許他不想當著管理員的面談論這件事。他說：

「我們談談別的吧。假設昨天晚上有一名兇手登上了火車，那麼我們是否可以肯定，他在行兇之後是逃離不了這輛列車的？」

皮耶・米歇爾搖搖頭，表示不可能逃離。

「他也不可能躲在車上的某個地方嗎？」

「整輛列車都搜查過了。」布克先生說，「放棄這種想法吧，我的朋友。」

「而且，」米歇爾說，「沒有人能夠登上臥鋪車廂而不讓我看到的。」

「上一個停靠站是哪裏？」

「文科威。」

「那是什麼時候？」

「我們本應在十一點五十八分離開那個車站，可是由於天候影響，遲開了二十分鐘。」

「會不會有人從普通車廂走到這邊來？」

「不會的，先生。晚飯時間後，普通車廂和臥鋪車廂之間的門就鎖上了。」

「你在文科威車站有沒有下去過？」

「有的，先生。我像以往一樣下到月台上，站在登車的踏梯旁邊。其他管理員也是這樣做的。」

「車廂前頭的門呢？就是靠近餐車的那扇門。」

「那扇門總是從裏面鎖上的。」

「可是現在卻沒有鎖上啊！」

管理員似乎吃了一驚，接著又釋懷地說：

「一定是哪位旅客把它打開，好看看外面的雪景。」

「有可能。」白羅說。

他若有所思，手指輕敲著桌面。

「先生您不會責怪我吧？」過了一會兒，管理員膽怯地說。

白羅和藹地對他笑了笑。

「你只是運氣不好，朋友。」他說，「啊！還有一點，差點兒忘了。你剛才說，就在你敲雷契特先生的房門時，又有人按了服務鈴。當時我也聽到了。那是誰按的？」

「是卓戈米羅芙公主。她要我替她叫她的女僕。」

「你叫了嗎？」

「是的，先生。」

白羅仔細研究擺在他面前的那張平面圖，然後頭向後仰。

「到此為止吧。」他說，「暫時這樣。」

「謝謝您，先生。」

管理員起身，朝布克先生看了看。布克先生和藹地對他說：

「不用擔心，我看不出你有什麼失職的地方。」

皮耶·米歇爾鬆了一口氣，轉身走出餐車廂。

2 秘書的證詞

白羅沉思了一兩分鐘。最後他說：

「我想，從目前的情況看來，再和麥奎恩先生談一下會比較好。」

不一會兒，那位年輕的美國人來了。

「嗨，」他問道，「情況怎麼樣？」

「還不壞。自從上次和你談話之後，我已經又多知道了一些情況——雷契特先生的真實身份。」

赫克特・麥奎恩向前湊近，一副很感興趣的樣子：

「是嗎？」

「正如你懷疑的，雷契特這名字是個化名。雷契特其實就是那些知名綁票案件——包括小黛西・阿姆斯壯案——的主謀，卡賽第。」

麥奎恩大驚失色，隨即臉色又沉了下來。

「這個該死的惡棍！」他叫道。

「你不知道這事嗎，麥奎恩先生？」

「不，先生。」他說，「我要是知道的話，我寧願把右手砍掉，也不願讓它去為這惡棍做秘書工作！」

「你的反應很強烈，麥奎恩先生？」

「是的，我有特殊的原因。我父親是處理這案子的地方檢察官，我曾經不只一次見過阿姆斯壯太太，她非常謙和、溫柔，可是悲傷得心都碎了。」他說著，臉色又陰沉起來，「如果說有人是自作自受，那麼雷契特，或者卡賽第，就是自作自受。我樂見他遭到這種下場。他這樣的人不配活著！」

「這樣看來，要是讓你親手去幹這件事，似乎你也會願意的，是嗎？」

「是啊！這——」他頓了一下，察覺自己失言而脹紅了臉，「看來我像是在自構罪責了。」

「如果你對你雇主的死亡表現得過份悲痛，麥奎恩先生，那我倒會更懷疑你了。」

「這是不可能的，就算這樣能夠免坐電椅，我也辦不到。」麥奎恩恨恨地說。然後他又說：「恕我好奇，我想請問您是怎麼知道這件事的？我指的是卡賽第的身份。」

「憑著在他房裏發現的一張碎紙片。」

「那一定……我是說，那老頭兒也太疏忽了。」

「那就看用什麼角度來看了。」白羅說。

年輕人似乎對這句話感到不解。他兩眼瞪著白羅，似乎想把白羅看透似的。

「我此刻的任務，」白羅說，「是查明車上每個人的行蹤。因此你們不必對此感到不快，了解嗎?這不過是例行公事而已。」

「那當然。馬上就進行吧，好讓我先證明自己的品格。」

「我用不著詢問你的房間號碼了。」白羅微笑著說，「因為我曾和你同房住過一夜。那是二等鋪位，六號和七號。我搬出來之後裏面就只剩你一個人了。」

「沒錯。」

「現在，麥奎恩先生，我想請你描述一下你昨天晚上離開餐車廂後的行蹤。」

「這簡單。我回到自己的房間看了一會兒書，車抵貝爾格萊德時我下車到月台上站了一會兒，覺得很冷，便又回到車上來。我和隔壁房間的那位英國女士聊了一會兒，然後又和那位英國上校阿布思諾談起話來——事實上我們談話時你曾經從旁邊經過。後來我又走進雷契特先生的房間，並且如我之前說的那樣，替他寫下備忘錄。然後我向他道了晚安，離開房間。阿布思諾上校站在走道上。他的床已鋪好，所以我邀他到我房裏來聊聊。我要了兩杯酒，我們便聊了起來。從世界政局談到印度的政府，再談到我國在財政方面的困難以及華爾街危機。我通常是不對英國佬表示親近的，他們頑固的很，可是這個英國佬我卻很喜歡。」

「你知道他離開你房間時是幾點鐘嗎?」

「相當晚，也許快兩點。」

「你們注意到火車停住不走了嗎？」

「是啊，注意到了。我們感到有些奇怪，便看了看窗外，只見遍地積雪。可是我們並不覺得這有什麼大不了的。」

「阿布思諾上校向你道了晚安，接下來呢？」

「接著他走回他的房間，我則叫管理員來替我鋪床。」

「管理員替你鋪床的時候你在哪裏？」

「我站在門外抽煙。」

「然後呢？」

「然後我就上床睡覺，一覺到天亮。」

「你昨晚曾經下車嗎？」

「阿布思諾和我想在那個地方——叫什麼名字？哦，文科威，下車稍微伸伸腿。可是外面冷得要命，又是風又是雪，所以我們很快又跳上車。」

「你們是從哪個車門下去的？」

「離我們房間最近的那一個。」

「是靠近餐車廂的那個門嗎？」

「是的。」

「你記不記得門栓插上沒有？」

麥奎恩想了一下。

「唔，有的，我記得好像是插上的。至少是有一根像鐵栓之類的東西橫插在門把上面。你是指那個東西嗎？」

「是的。你回來的時候有沒有把那根鐵栓重新插上？」

「這個……沒有，我不記得我插上過。我是後進來的一個。沒有，我不記得我曾插上門栓。」他突然問道：「這很重要嗎？」

「也許。先生，我猜，當你和阿布思諾先生在房裏談話時，你的房門是開著的？」

赫克特·麥奎恩點點頭。白羅又說：

「如果可以，我希望你告訴我，從火車離開文科威車站到你們聊完分手這段時間，有沒有人經過你的房間？」

麥奎恩皺著眉說：

「我想，管理員在我門外經過了一次，是從餐車廂那邊走過來的。還有一位女士經過，是從另一頭來的，朝餐車廂走去。」

「哪位女士？」

「我說不上來。我沒有注意。你知道，當時我正和阿布思諾在爭論一個問題。我只不過瞥了一眼，好像是緋紅色的絲綢衣服從我門前閃過。我沒有特別注意，而且我也看不到那個人的臉。你也知道，我的床位是面向餐車廂的，所以若一位女士朝那裏走去，我只能看到她的背影。」

白羅點點頭。

「恐怕她是去廁所吧？」

「可能是。」

「你看到她走回來嗎？」

「沒有啊，要不是你現在提起，我還真沒想過這一點呢！我沒看到她走回來，不過我猜想她一定走回來過。」

「還有一個問題。麥奎恩先生，你抽煙斗嗎？」

「不，先生，我不抽煙斗。」

白羅靜默了片刻。

「我想暫時就談到這裏吧。現在我想見一下雷契特先生的男僕。順便提一下，你和這位男僕是否每次坐火車都住二等鋪位？」

「他每次都住二等，可是我通常都坐頭等，並且盡可能住在雷契特先生隔壁，這樣他就可以把大部份行李放在我房間，不管要找我或找行李都很方便。可是這一次，除了他住的那間之外，其他頭等房間都客滿了。」

「我懂了。謝謝你，麥奎恩先生。」

3 男僕的證詞

這個美國人離開後，接著進來接受詢問的是那位臉色蒼白的英國人。他仍如白羅前一天看到的那樣面無表情、舉止得體，站著聽候吩咐。白羅示意他坐下。

「據我所知，你是雷契特先生的男僕，是嗎？」

「是的，先生。」

「你叫什麼名字？」

「愛德華・亨利・馬斯特曼。」

「多大歲數？」

「三十九歲。」

「老家在哪兒？」

「克拉肯威爾市，修道士街二十一號。」

「你知道你的主人被謀殺了嗎？」

「是的，先生。這真是令人震驚。」

「現在能否請你告訴我，你最後一次見到雷契特先生是在幾點鐘？」

那男僕想了一下。

「應該是在昨晚九點鐘左右，先生，要不就稍晚一些。」

「用你自己的話告訴我當時所發生的情況。」

「我像往常那樣走進雷契特先生的房間，伺候他，看他有什麼吩咐。」

「你做了哪些事？」

「替他把脫下的衣服折好或掛上衣架，把他的假牙泡水，並把晚上所需要的東西都替他準備好。」

「他的神態和平時一樣嗎？」

男僕考慮了一下，說：

「這個，先生，我覺得他有點心煩。」

「心煩？怎麼說呢？」

「因為他看了一封信。他問我那封信是不是我拿去他房裏的。我當然說不是，可是他還是衝著我罵，並且一直挑我毛病。」

「他過去很少這樣吧？」

「哦，並不少見，先生，他很容易發脾氣。正如我說過的，得看是什麼事情。」

「你的主人曾經服用安眠藥嗎？」

康士坦丁醫生向前湊近。

「他坐火車旅行時都會服用，先生。他說不吃藥他就無法入睡。」

「你知道他習慣服用哪一種安眠藥嗎？」

「這我實在答不上來，先生。藥瓶上沒有藥名，只寫著『睡前服用的安眠藥』。」

「他昨晚服用了嗎？」

「服用了，先生。我把安眠藥倒在玻璃杯裏，放在洗臉台上供他服用。」

「那麼你並沒有親眼看見他服用，是嗎？」

「是的，先生。」

「後來怎麼了呢？」

「後來我問他還有什麼事要做，並問他今天早上要幾點來叫醒他。他說沒聽到他按鈴就不要來叫他。」

「以往也是這樣嗎？」

「是的，先生。他通常都先按鈴叫管理員，管理員再來告訴我他準備起床了。」

「他通常早起還是晚起？」

「看情況，先生。有時候在早餐之前就起床，有時候卻一直睡到中午才起來。」

「這麼說，今天早上遲遲沒有人來叫你，你並不感到奇怪？」

「是的，先生。」

「你知道你的主人有仇人嗎？」

「知道的，先生。」他平靜地說。

「你怎麼知道的？」

「我曾聽見他和麥奎恩先生談論一些信件的內容。」

「你喜歡你的主人嗎，馬斯特曼？」

馬斯特曼的臉色比往常更嚴肅了。

「我不喜歡這種問法，先生。他是一位慷慨大方的主人。」

「可是你並不喜歡他？」

「這樣說吧，我對美國人都不特別喜歡。」

「你到過美國嗎？」

「沒到過，先生。」

「你記得報紙曾報導過一樁阿姆斯壯綁票案嗎？」

馬斯特曼的雙頰微微泛紅。

「是啊，我記得，先生。被綁架的是一個小女孩，是嗎？真是駭人聽聞。」

「你知不知道你的主人雷契特先生就是那樁案件的主謀？」

「不知道，真的不知道，先生。」他第一次流露出激動和情緒性的口吻，「我簡直無法相信，先生。」

「可是這是事實。現在我們還是談一談你昨晚的行蹤吧，你知道這是例行公事。你離開他房間之後還做了些什麼事？」

「我去告訴麥奎恩先生說主人叫他，然後回到自己的房間裏看書。」

「你的房間是——」

「最靠邊的二等廂房，先生，就在餐車廂旁邊。」

白羅看著他面前的車廂平面圖。

「哦，是這間……你睡的是上鋪還是下鋪？」

「是下鋪，先生。」

「那是四號床位囉？」

「是的，先生。」

「那個房間還有別的房客嗎？」

「有的，先生，有一位高大的義大利人。」

「他會說英語嗎？」

「這個——算是會講吧，先生。」他似乎不以為然，「他到過美國，芝加哥，聽說是這樣。」

「你們常聊天嗎？」

「不，先生。我寧願多看看書。」

白羅微微一笑。他可以想像，那個高大的義大利人滔滔不絕，這位男僕則不假辭色。

「可以請問你看的是什麼書嗎？」他探詢道。

「目前，先生，我正在看艾拉貝勒・理查森夫人寫的《愛情的俘虜》。」

「好看嗎？」

「我覺得非常有趣，先生。」

「好吧，我們繼續。你回到自己房間，看那本《愛情的俘虜》，一直看到──什麼時候？」

「十點半左右，先生，那個義大利人想睡覺了，所以管理員便進來鋪床。」

「然後你就上床睡覺了？」

「我上了床，先生，可是並沒有睡著。」

「為什麼呢？」

「因為我牙疼，先生。」

「哎呀！那是很難受的。」

「難受極了，先生。」

「你有沒有想辦法止疼？」

「我抹了一點兒丁香油，先生，疼痛是減輕了一些，可是我還是無法入睡。於是我就扭亮床頭燈，繼續看書，想分散一下注意力。」

「你一夜沒睡嗎？」

「不，先生，凌晨四點鐘左右我終於睡著了。」

「你的室友呢？」

「那義大利人嗎？他早就鼾聲如雷了。」

「他整夜都沒有走出房間嗎？」

「沒有，先生。」

「你呢？」

「也沒有，先生。」

「你在夜裏聽到過什麼聲音嗎？」

「沒有，先生，沒聽到什麼特別的聲音。火車停著沒有開動，所以都靜悄悄的。」

白羅沉默了一會兒，然後說：

「好吧，我想我沒有什麼要再問的。你知道的就只有這些嗎？」

「恐怕只有這些了。抱歉，先生。」

「據你所知，你的主人和麥奎恩先生有沒有發生過口角，或是有什麼過節？」

「啊，沒有，先生。麥奎恩先生是一個非常討人喜歡的紳士。」

「你在為雷契特先生做事之前是在哪裏服務？」

「替亨利・湯姆林森爵士當差，地點在格羅斯夫納廣場。」

「為什麼不幹了呢？」

「他要到東非去，不再需要我服務了，先生。不過我相信他一定肯替我做證的，先生，我跟隨他好多年了。」

「那麼你跟隨雷契特先生多久了？」

「剛滿九個月，先生。」

「謝謝你，馬斯特曼。順便問一下，你抽煙斗嗎？」

「不，先生。我只抽紙煙，便宜紙煙。」

「就這樣吧。謝謝你。」

白羅向他點點頭，示意他可以走了。

那男僕遲疑了一下，說：

「抱歉，先生，那位美國太太現在非常——不安，我會這樣形容，先生。她老說她知道兇手是誰。她情緒激動得不得了，先生。」

「既然如此，」白羅笑著說，「我們接下來就和她談談吧。」

「要不要我去叫她，先生？她一直要求會見負責人。管理員正在設法讓她冷靜下來。」

「請她到這裏來吧，朋友。」白羅說，「現在我們要聽一聽她的說法。」

4 美國太太的證詞

赫伯德太太走進餐車廂時一副氣呼呼的模樣，簡直連話都說不清楚了。

「告訴我，誰是這裏的負責人？我有一些非常重要的事情要說，真的非常重要。我只想盡快把這些情況告訴負責處理這件案子的人。你們幾位先生要是——」

她的目光在這三個人身上轉來轉去。白羅向前探了探身子。

「對我說吧，太太，」他說，「可是，請先坐下來。」

赫伯德太太一屁股坐到他對面的椅子上。

「我要對你講的是這件事：昨天晚上這列火車上發生了兇殺案，而兇手曾經到過我的房間。」她特意停頓了一下。

「你確定沒有弄錯嗎，太太？」

「當然沒弄錯！怎麼會弄錯呢？我絕不是信口開河。讓我一五一十地告訴你。我已經上了床，睡了。突然我醒了，房裏一片漆黑，可是我知道房裏有個男人。我簡直嚇得說不出話。你知道我的意思吧？我躺在床上想：『天哪，這下我可沒命了！』我的感覺簡直無法形容。這些可怕的火車，我想，腦子裏盡是人家說過那些亂七八糟的事情。我還想：『不過無論如何，他搶不到我的珠寶首飾。』你知道，我把它們放在一隻絲襪裏，藏在我的枕頭底下。這樣睡起來是不怎麼舒服，腦袋下面凹凹凸凸的，你知道我的意思吧……我說到哪兒了？」

「您發覺房間裏有一個男人，太太。」

「啊，是啊，我躺在那裏閉著眼睛，心裏琢磨著該怎麼辦，我還想：『幸好我的女兒不知道我遇到這種倒楣事。』後來，不知怎麼的，我突然靈機一動，便用手去摸服務鈴，摸到後便使勁按，想召喚管理員。我按了又按，可是絲毫不見動靜。哎呀，我可以告訴你，當時我的心臟都要停止跳動了。『天哪，』我心裏想，『也許車上的人全被他們殺光了。』當時火車停著沒開，周圍異常安靜。我只是繼續按鈴。後來我聽到走道上有人朝這邊走來，接著有人叫門，才鬆了一口氣。我大叫『進來』，同時把電燈扭亮。這時，真叫人難以相信，房間裏連個鬼影子都沒有。」

聽起來赫伯德太太非但不覺得鬆了一口氣，反倒像是戲劇出現了高潮。

「然後怎麼樣呢，太太？」

「呃，我把發生的一切告訴了管理員，可是他好像不相信我的話，他似乎以為我是在做夢。我要他在座位底下搜查，雖然他說那底下根本藏不下一個男人。顯然那個男人已經逃走了，可是他確實曾經到過我房間。管理員哄我的樣子真叫我生氣！我不是那種胡編瞎說的人，呃……我還不知道您貴姓大名呢！」

「我叫白羅，太太。這位是鐵路臥車公司的董事布克先生，那位是康士坦丁醫生。」

赫伯德太太咕噥著說：

「很高興見到你們，真的。」接著就再度開始她那喋喋不休的獨白。「現在我也不想說自己當時頭腦很清醒。但我當下以為那是隔壁房間那個男人——就是遭到謀殺的那個可憐蟲。我叫管理員看一下兩個包廂之間的隔門，我確定門栓沒有插上。我很快就看到確是如此，當場就叫他插上，他離開後，我又起來用一只手提箱頂住那扇門以策安全。」

「當時是幾點鐘，赫伯德太太？」

「這個，我實在說不上來，我沒有看錶，我心裏煩死了。」

「那麼您現在的看法是怎麼樣的呢？」

「哎，可以說事情再明顯不過了。兇手就是曾經到我房間來過的那個男人。不是他，還會是誰呢？」

「你認為他後來去了隔壁房間，是嗎？」

「我怎麼知道他到哪裏去呢？我眼睛閉得緊緊的。」赫伯德太太長長地歎了一口氣。「天哪，真嚇死我了！要是我女兒知道——」

「太太，您不認為您在房裏聽到的聲音，是從隔壁，也就是從被害者的房間傳來的嗎？」

「不，我不這樣認為，白什麼先生——哦，白羅先生。那個男人就和我在同一個房間裏。而且，我還有證據。」

說著，她洋洋得意地拽出一只大手提包，一打開便伸手往裏面去掏東西。她先後取出兩條乾淨的大手絹，一副角質框眼鏡，一瓶阿司匹靈，一包瀉鹽，一管綠色透明的薄荷糖，一串鑰匙，一把剪刀，一本美國運通公司的支票簿，一個長相極為平凡的兒童的照片，幾封信，五串假的東方念珠，還有一件小小的金屬品——一顆鈕釦。

「你看到這顆鈕釦了嗎？這並不是我的鈕釦，不是從我的衣服上掉下來的。這是我今天早上起床時發現的。」

她把那顆鈕釦放到桌上，布克先生湊近一看就叫了起來：

「這是我們臥車服務員制服上的鈕釦啊！」

「這一點我可以解釋，」白羅溫和地向赫伯德太太說：「太太，這顆鈕釦可能是管理員在搜索你的房間或是替你鋪床時，從他的制服上掉下來的。」

「我真不懂你們這幾位先生是怎麼一回事，看起來你們除了提出反對意見之外，什麼事都不做。你們聽好了：昨天晚上入睡之前，我在看一本雜誌。我要熄燈時把那本雜誌放在窗前那只小箱子上面。聽懂了嗎？」

三位男士表示都聽懂了。

「很好。管理員是從近門處蹲下來探視座位底下的，然後他過來栓上了通往鄰室的門，但是他不曾走近窗口。而今天早晨，這顆鈕釦卻好好地放在那本雜誌上面。這怎麼解釋呢，你說說看？」

「這，我可以稱之為一項證據，太太。」白羅說。

赫伯德太太聽了，氣似乎稍微消了一點。她解釋道：

「我最討厭別人不相信我的話。」

「您已經向我們提供了極有價值和極有意思的證據。」白羅安慰她，「現在，我可以問您幾個問題嗎？」

「啊，可以，可以。」

「既然您對雷契特這個人不大放心，您怎麼沒想到要把隔門鎖上呢？」

「我鎖了。」赫伯德太太立刻回答。

「噢，是嗎？」

「這個，實際上是，我問過那個瑞典女人——一個討人喜歡的人哪——那扇門是否已插上門栓，她說插上了。」

「您自己怎麼會看不見呢？」

「因為我已經上了床，而且我的手提包掛在門把上。」

「那時候是幾點？」

「我想想。應該是過了十點半或十點四十五分左右。那位瑞典女士到我房裏來問我有沒有阿司匹靈。我告訴她我放在手提包裏，她就自己取了出來。」

「當時您已經上床了嗎？」

「是的。」她突然笑了起來。「可憐的人，當時她心情很不好。她進來之前曾走錯房間，開了隔壁房間的門。」

「雷契特先生的房間嗎？」

「是啊！你可以想像，當所有的房門都關著時，要找人是多麼困難。她走錯房間，心裏很氣惱。雷契特似乎大聲笑她。我猜想他可能還說了些不三不四的話，氣得她渾身發抖，可憐喔。她告訴我：『啊！我弄錯了，真丟臉。他不是個好人，他說：「你太老了。」』」

康士坦丁不禁竊笑，赫伯德太太瞪了他一眼，他馬上收斂起笑容。

「他太不正經了，」她說，「竟敢對一位女士說出這種話。旁人聽到這類事情是不應該笑的。」

康士坦丁醫生立刻道歉。

白羅又問：

「之後，您還聽到雷契特先生房裏有什麼動靜嗎？」

「可以說有，也可以說沒有。」

「怎麼講，太太？」

「這個——」她頓了一下，「他打鼾。」

「原來如此！他打鼾來著？」

「可厲害呢！前一晚打得我一夜沒睡。」

「您發現房裏有個男人而受到驚嚇，之後就沒再聽到他打鼾了？」

「那——白羅先生，怎麼還聽得到？他那時已經死了。」

「噢，是啊，是那樣。」白羅說，可是神情有些迷惑不解。「赫伯德太太，您還記得阿姆斯壯綁票案嗎？」他問。

「記得啊，當然記得。可是竟讓那壞蛋逍遙法外！嘿！我真想親手宰了他。」

「他並沒有逍遙法外，他已經死了，昨天晚上死的。」

「你該不是指——」赫伯德太太興奮得想要站起來了。

「沒錯，就是雷契特。」

「哎！哎，竟是這樣。真想不到！我一定要寫信告訴我女兒。我昨晚不是說過，那個人看來絕非善類嗎？我說對了吧！我女兒總是說：『只要媽媽有什麼預感，你可以老本全拿出去打賭，包準沒錯。』」

「赫伯德太太，你認識阿姆斯壯家裏的人嗎？」

「不認識，他們的生活圈子很小。不過我聽說阿姆斯壯太太非常討人喜歡，她丈夫非常愛她。」

「好吧，赫伯德太太，您已經幫了我們很多忙，真的。或許您願意告訴我你的全名？」

「當然可以。我的全名是卡洛琳・瑪莎・赫伯德。」

「請你把住址寫在這兒好嗎？」

赫伯德太太照著做了，她一邊寫還一邊講話：

「我真是不敢相信！卡賽第在這列火車上！我是有預感的，不是嗎，白羅先生？」

「是的，太太。順便問一下，您有沒有緋紅色的絲綢便袍？」

「哎喲，這問題真怪！不過我沒有。我帶了兩件便袍，一件是粉色法蘭絨的，打算坐船時穿；另一件紫色綢料的是本地產品，是我女兒送給我的。你問這做什麼？」

「這個，太太，昨晚有一個身穿緋紅色便袍的人，不是走進了你的房間就是走進了雷契特先生的房間。正如您剛才說的，當所有的房門都關上時，要辨明房間是很困難的。」

「沒有穿緋紅色便袍的人進來過我房間啊！」

「那她一定是進了雷契特先生的房間。」

赫伯德太太噘起嘴，冷酷地說：

「那我也毫不意外。」

白羅向前湊近了一些：

「這麼說，你聽到隔壁有女人的聲音囉？」

「我不知道你為何這樣猜，白羅先生。我真不知道。不過，呃，事實上，我是聽到了。」

「可是剛才我問你有沒有聽到隔壁房間的動靜，您只說聽到了雷契特先生的打鼾聲。」

「但那也是事實，有一段時間他是打鼾來著，至於另外的時間——」赫伯德太太雙頰微紅，「這話說出來不大好聽。」

「您聽到女人的聲音時，是幾點鐘？」

「我不確定。我只是醒了一會兒，聽到女人說話的聲音。這聲音很明顯是從隔壁傳來的，所以我就想：『嗨，他就是那種人，這也不足為奇。』後來我又睡著了。這類事情，要不是你逼問我，我是不會向你們三位陌生男人說的。」

「這是發生在您發現那個男人之前還是之後？」

「哎呀，這不又是廢話嗎？要是他已經死了，那個女人還能跟他說話嗎？」

「對不起。您一定認為我很愚蠢，太太。」

「我想即便是你，偶爾也會糊里糊塗的，我只是無法相信他就是那個惡棍卡賽第。我女兒會怎麼說呢……」

白羅俐落地幫這位好心的太太把東西一件一件放回手提包，然後領著她走到門口。

赫伯德太太要離開時，他說：

「您的手絹掉了，太太。」

赫伯德太太看著他遞過去的那條小手絹。

「這不是我的，白羅先生，我的手絹在這兒。」

「抱歉。因為上面繡著字母H，我以為——」

「這，這真怪了。不過這手絹絕對不是我的。我的手絹上繡的是C・M・H三個字母。而且，我的手絹是實用的東西，不是巴黎的那種華麗玩意兒。那樣的手絹對鼻子有什麼好處呢？」

三位男士似乎都答不上話，然後赫伯德太太就大搖大擺地走出了餐車廂。

5 瑞典女士的證詞

布克先生撥弄著赫伯德太太留在桌上的那顆鈕釦。

「這顆鈕釦，我真不懂，這是否意味著皮耶・米歇爾和這件事有點關聯呢？」白羅沒有答話，他又問道：「我的朋友，你說呢？」

「那顆鈕釦，只代表了有此可能。」白羅沉思著說，「在對這些證詞詳加研究之前，我們先見一下那位瑞典女士吧。」

他將面前的一堆護照翻來翻去，揀出了一本。

「啊！找到了。葛蕾塔・奧爾森，四十九歲。」

布克先生對餐車侍者吩咐了幾句。過一會兒，那位頭髮乾黃、綰著髮髻、有著綿羊般善良長臉的女士便被領了進來。她的兩隻眼睛在鏡片後方盯著白羅，不過態度十分鎮靜。

一說起話來，原來她懂法語，因此談話就以法語進行。白羅先問了一些例行問題，她的姓名、年齡、住址，然後問到了職業。

她說，她是伊斯坦堡近郊一家教會學校的舍監。她本身是受過正規訓練的護士。

「你知道昨天晚上發生的事嗎，小姐？」

「是的，真可怕。那位美國太太說兇手曾經到過她房間。」

「聽說，小姐，你是最後一個見到被害人的人？」

「我不知道是不是，可能是。我走錯房間，開了他的房門。我感到非常不好意思。這種錯誤最令人難堪了。」

「你看到他沒有？」

「看到了，他那時正在看書。我馬上道歉退了出來。」

「他對你說什麼話沒有？」

這位可敬的女士雙頰浮上了淡淡的紅暈。

「他笑了起來，還說了一些話，我——我聽不太清楚。」

「然後，你又做了些什麼呢，小姐？」白羅圓滑地轉移了話題。

「我走進那位美國太太——赫伯德太太的房間，向她要幾片阿司匹靈，她給了我。」

「她有沒有問你，她房裏通往雷契特先生房間的那扇隔門是否已鎖上？」

「有的。」

「門是鎖上的嗎？」

「是的。」

「然後呢？」

「然後我回到自己房間，吃了阿司匹靈就上床了。」

「那時候是幾點鐘？」

「我上床時是十點五十五分，當時我給手錶上了發條，所以知道時間。」

「你很快就睡著了嗎？」

「沒有。當時頭痛是好了一些，不過還是躺了很久才睡著。」

「火車是不是在你睡著之前就停住了？」

「不是吧。我記得火車是在我昏昏沉沉即將入睡的時候，在一個車站停下來的。」

「那就是文科威車站了。小姐，你的房間是不是這一間？」白羅指著平面圖。

「是的，就是這一間。」

「你睡的是上鋪還是下鋪？」

「下鋪，十號床位。」

「房裏還有另一位房客，是嗎？」

「是的，一位年輕的英國小姐，非常可愛，非常和藹。她是從巴格達來的。」

「火車駛離文科威車站後，她有沒有離開過房間？」

「沒有，我確信她沒離開過。」

「要是你已經睡著，你怎麼能確知她沒離開過呢？」

「我睡得很淺，往往有一點聲音就會驚醒。如果她從上鋪下來，我相信我一定會醒來的。」

「你自己走出過房間沒有？」

「今天早上之前都沒出去過。」

「你有一件緋紅色的便袍嗎，小姐？」

「沒有。我有一件柔軟的純毛料便袍。」

「和你同房間的德本漢小姐呢？她的便袍是什麼顏色？」

「一種暗淡的紫紅色，就是在東方常可買到的那種。」

白羅點點頭，然後親切地問：

「你這次旅行的目的是什麼？是度假嗎？」

「是的，我是回國度假。可是我要先去瑞士洛桑我姐姐那裏住一個星期。」

「請你寫下你姐姐的姓名和地址好嗎？」

「好的。」

她從白羅手中接過紙筆，寫了一個姓名和地址。

「你到過美國嗎，小姐？」

「沒有，有一次差點要去成了。本來是要陪一位有病的太太去，可是計劃臨時取消了，非常遺憾。美國人是很友善的，他們捐很多錢給我們辦學校和醫院，他們很實際。」

「你記得阿姆斯壯綁票案嗎？」

「沒有印象，那是怎麼一回事？」

白羅簡單地說了一下。

葛蕾塔‧奧爾森立刻露出憤怒的神色，黃色的髮髻也因為激動而顫動著。

「世上竟有這樣狠毒的人！上天真不公平。那個母親真可憐，我真為她難過。」

這個和藹的瑞典人起身走了，一張善良的臉氣得通紅，眼眶含淚。

白羅忙著寫東西。

「你在寫什麼，我的朋友？」布克先生問。

「老友，辦事有條不紊是我的習慣。我已按事件發生的順序做了一個簡單的表格。」

他擱下筆，把紙遞給布克先生。

九點十五分——火車駛離貝爾格萊德。

九點四十分左右——男僕離開雷契特房間，已把安眠藥放在他身旁。

十點左右——麥奎恩離開雷契特。

十點四十分左右——葛蕾塔‧奧爾森見到雷契特（最後一個見到他的

人）。註：當時他在看書。

零點十分——火車駛離文科威（延遲發車）。

零點三十分——火車被雪堆所困。

零點三十七分——雷契特按服務鈴，管理員應聲前去。雷契特用法語說：「沒事，我搞錯了。」

一點十七分左右——赫伯德太太認為她房裏有一個男人，按鈴召喚管理員。

布克先生點頭稱是，說道：

「這樣就很清楚了。」

「這上面沒有什麼地方令你覺得奇怪嗎？」白羅說。

「沒有。看上去一清二楚，十分明白。看來做案時間顯然是一點十五分。那只錶可以證明，赫伯德太太的證詞也與此吻合。按我的想法，我來猜一下兇手是誰……我的朋友，我認為是那個高大的義大利人。他來自美國芝加哥，而且別忘了，義大利人喜歡用小刀做武器。他戳了不只一刀，而是好幾刀。」

「這倒是事實。」

「毫無疑問，事情就是如此。他一定是那件綁票案的共犯。『卡賽第』也是義大利姓氏。雷契特一定是沒有履行某種承諾，那義大利人才追蹤而來，先給他警告信，然後用殘酷的手段報了仇。就是這麼回事，很簡單。」

白羅懷疑地搖搖頭。他低聲說：

「我想，事情不會如此簡單。」

「我相信事情就是這樣。」布克先生對自己的意見越來越有把握。

「那麼，那個牙疼的男僕斬釘截鐵地說，那個義大利人從未離開過房間，這又怎麼解釋呢？」

「這倒有點麻煩。」

白羅眨著眼睛。

「是啊，真叫人頭痛呢。雷契特僕人的證詞有違你剛才的推論，可是對我們這位義大利朋友卻是大大有利啊！」

「一定會有辦法解釋的。」布克先生仍然信心十足。

白羅又一次搖搖頭，低聲說：

「不，事情不會如此簡單。」

6 俄國公主的證詞

「關於這顆鈕釦，我們來聽聽皮耶・米歇爾怎麼說吧。」他說。

皮耶・米歇爾被叫了進來，他莫名其妙地望著他們。

布克先生清了清嗓子，說：

「米歇爾，這裏有一顆你制服上的鈕釦，是在美國太太的房間裏發現的。你對這事怎麼解釋呢？」

管理員摸了一下制服。

「我的鈕釦沒有掉，先生。」他說，「一定是弄錯了吧。」

「那就奇怪了。」

「這顆鈕釦跟我沒有關係，先生。」他看來有些驚訝，但絲毫沒有心虛或慌張的樣子。

布克先生饒富深意地說：

「從這顆鈕釦掉落的地點來看，很明顯，它是赫伯德太太昨晚按鈴時，在她房間裏的那個男人掉的。」

「可是先生，她房裏並沒有人，那是這位太太的幻覺。」

「不是她的幻覺，米歇爾。殺害雷契特先生的兇手進了她房間，弄掉了這顆鈕釦。」

布克先生的意思太明顯了，皮耶・米歇爾聽了激動萬分。他叫道：

「沒這回事，先生。沒這回事！您在暗示我是兇手。我會是兇手？我是無辜的，絕對無辜。我有什麼理由要去謀殺一個素不相識的人呢？」

「赫伯德太太按鈴時你在哪兒？」

「我說過了，先生，當時我在前面一節車廂和同事聊天。」

「我們會把他叫來問。」

「把他叫來吧，先生，我懇求您把他叫來。」

隔鄰車廂的管理員被叫來了。他證實了皮耶・米歇爾的話。他還說，布加勒斯特車廂的管理員也在場，他們三人在談論大雪造成的麻煩。他們談了大約十來分鐘，米歇爾隱約聽到服務鈴在響。他推開兩節車廂之間的門，另外二人也都清楚地聽到鈴聲。鈴聲連續不斷，米歇爾急忙跑去應答。

「你看，先生，我是無辜的。」米歇爾急切地說。

「那麼對於這顆鈕釦，你又怎麼解釋呢？」

「我無法解釋，先生，這是個謎。我衣服上的鈕釦一個也沒少。」

另外兩位管理員也表示他們沒有掉鈕釦，而且也沒有進去赫伯德太太的房間。

「冷靜點，米歇爾。」布克先生說，「現在努力回想一下，你去應答赫伯德太太的召喚時，有沒有碰到什麼人？」

「沒有，先生。」

「走道上有沒有人背對你朝另一頭走去？」

「也沒有，先生。」

「真奇怪。」布克先生說。

「並不奇怪。」白羅說，「那只是時間問題。赫伯德太太醒來發現房中有人，有一兩分鐘她嚇得動也不敢動，閉著眼睛。那人可能是在這時候溜到走道上。然後她開始按鈴，可是管理員並沒有立刻聽到鈴聲，而是在響了三、四遍後才聽到，我認為這段時間就足以——」

「足以做什麼，老友？足以做什麼？要記住，火車周圍都是又深又厚的雪堆啊！」

「我們這位神秘的兇手有兩條路可走。」白羅慢條斯理地說，「他可能躲進廁所，也可以進到某一間包廂裏。」

「可是這些包廂都有人在裏面啊！」

「沒錯，正是這樣。」

「你的意思是，他可以回到自己的包廂裏？」

白羅點點頭。

「這就對了，這就對了。」布克先生說，「就在管理員不在的那十分鐘內，兇手可以從自己的房間裏出來，走進雷契特的房間，把他殺死，再從裏面把門鎖上，扣上鏈條，然後從赫伯德太太的房間走出去。等到管理員回來時，他已經安全回到自己房間了。」

白羅喃喃地說：

「沒這麼簡單，朋友。我們這位醫生朋友會告訴你原因的。」

布克先生做了一下手勢，示意三位管理員可以走了。

白羅說：

「我們還得會見八位旅客。其中五位是頭等鋪位的旅客，卓戈米羅芙公主、安雷尼伯爵夫婦、阿布思諾上校和哈德曼先生；另三位是二等鋪位的旅客，德本漢小姐、安東尼奧・福卡雷利和女僕施米特小姐。」

「你想先問誰呢，那個義大利人嗎？」

「你還是念念不忘那個義大利人！先不找他，我們從最上頭的名字開始，或許公主願意允許我們耗費她一些時間。米歇爾，請通知公主。」

「是，先生。」正要走出餐車廂的米歇爾回答。

「告訴她，如果她懶得上這兒來，我們可以到她房間去拜訪她。」布克說。

可是，卓戈米羅芙公主顯然不接受他的好意。她來到了餐車廂，微微仰著頭，在白羅對面坐下。

她那張蛤蟆樣的小臉似乎比前一天更難看了。她長得的確醜陋，然而她也像蛤蟆一樣，一雙眼睛烏黑晶亮，炯炯有神，令人感覺到其中蘊含著力量和智慧。

她的聲音低沉，略帶沙啞，但是咬字十分清晰。

她打斷了布克先生致歉的客套話。

「先生，你們不必致歉。我知道車上發生了謀殺案，當然你們必須找所有旅客談話，我願意盡我所能提供協助。」

「您真是太體貼了。」白羅說。

「談不上，這是應盡的責任。你希望了解些什麼呢？」

「您的教名全稱以及您的住址，夫人。也許您寧願自己寫下來吧？」

白羅遞上紙筆，可是這位公主揮手推開。

「你寫吧。」她說，「並不難寫——娜塔麗亞·卓戈米羅芙，巴黎，克雷貝大道十七號。」

「您這次旅行是從君士坦丁堡返回巴黎嗎，夫人？」

「是的，我一直住在奧地利大使館。我的女僕陪著我。」

「能不能請您扼要說明您昨晚用完晚飯後的行蹤？」

「好的。我用晚飯時就吩咐管理員替我把床鋪好。晚飯後我就上床看書，一直看到十一點才熄燈。由於我患有風濕痛，遲遲無法入睡。大約十二點四十五分，我按鈴叫我的女僕過來。她替我按摩，並且讀書給我聽，直到我睡著。我不確定她是什麼時候走的，也許是半小時之後，也許更晚一些。」

「那時火車停下來了嗎？」

「停下來了。」

「當時您沒有聽到什麼特別的聲音嗎，夫人？」

「我沒聽到什麼特別的聲音。」

「您的女僕叫什麼名字？」

「希德加第・施米特。」

「她跟在您身邊很久了嗎？」

「十五年了。」

「您認為她可靠嗎？」

「絕對可靠。她的家族原來在先夫的德國莊園裏做工。」

「我猜想，夫人，您到過美國吧？」

白羅突然改變話題，這位年老的貴婦人吃了一驚。

「去過很多次。」

「您認不認識一戶姓阿姆斯壯的人家？這家人遭遇了一場悲劇。」

老太太難過地說：

「他們是我的朋友，先生。」

「這麼說，您跟阿姆斯壯上校很熟了？」

「我跟他不熟，不過他的妻子索妮亞・阿姆斯壯是我的教女。我和她母親——女演員琳達・亞登是好朋友。琳達・亞登真是個偉大的天才，她是全世界最偉大的悲劇女演員之一。她演的馬克白夫人，她演的瑪格達，簡直沒有人能比得上。我不僅是她的崇拜者，也是她的朋友。」

「她去世了嗎？」

「不，沒有，她還活著，不過完全隱退了。她身體很差，多半時間得躺在沙發上。」

「我想她還有一個女兒吧？」

「是的，比阿姆斯壯太太要小好多歲。」

「她還活著嗎？」

「那當然。」

「現在在哪兒？」

老太太敏銳地瞥了他一眼，說：

「我必須問一下，你為什麼要問這些問題？這和我們剛才討論的事——火車上的謀殺案，有什麼關係？」

「是這樣的，夫人。昨晚被殺的那個人，就是綁架及殺害阿姆斯壯的女兒的人。」

「啊！」卓戈米羅芙公主皺起眉頭，她挺了一下身子，說：「那麼我認為，他被謀殺實在是件好事！請原諒我的偏見。」

「這很自然，夫人。現在我們回到您尚未答覆的問題上。琳達‧亞登的小女兒，也就是阿姆斯壯太太的妹妹，現在住在哪裏？」

「老實說，我不知道，先生。我與年輕一輩已經失去聯絡。我知道她在若干年前嫁了個英國人，到英國去了，可是我想不起那人的名字。」她停了一下，然後說：「還有什麼要問的嗎，各位男士？」

「只有一件事，夫人，這涉及個人隱私。您的便袍是什麼顏色？」

她感到有些突兀。

「我只能相信你提出這樣的問題一定有你的理由。我的便袍是用藍緞子做的。」

「沒有其他問題了，夫人。非常感謝您如此迅速地回答我的問題。」

她用戴滿戒指的手略微做了個手勢。然後，她站了起來，其他人也跟著起身，然而此時她卻停下腳步。

「抱歉，先生。」她說，「我可以請教一下尊姓大名嗎？我覺得你有些面熟。」

「夫人，我叫赫丘勒‧白羅——有事請隨時吩咐。」

她沉默了一會，然後說：

「赫丘勒・白羅，哦，我想起來了。真是命中注定啊！」

她挺直身子走開了，步伐有些僵硬。

「*Voilà une grande dame*（法語：真是個了不起的女人）。」布克先生說，「你覺得她怎麼樣，我的朋友？」

赫丘勒・白羅搖搖頭，說：

「我在揣摩她說『命中注定』是什麼意思。」

7 安雷尼伯爵夫婦的證詞

接著白羅傳喚了安雷尼伯爵夫婦。可是到餐車廂來的卻只有伯爵一個人。

這位伯爵不管從哪方面來看都稱得上一位美男子。他身高至少六呎一吋，寬肩窄臀。他身穿英國花呢西裝，剪裁非常合身，要不是他的小鬍子過長以及顴骨略高，他真可能被誤認為英國人哩！

「啊，各位先生。」他說，「找我有什麼事嗎？」

白羅說：

「先生，你大概知道，由於車上發生事情，我不得不一一詢問各位一些問題。」

「應該的，應該的。」伯爵輕鬆地說，「我很了解你的立場。不過我怕我們幫不了你什麼忙。我們都睡著了，什麼也沒有聽見。」

「您知道死者是什麼人嗎，先生？」

「我知道，就是那個高大的美國人——面目可憎，他用餐時就坐在那個位子。」他朝雷契特和麥奎恩用過的那張桌子偏一下頭。

「沒錯，沒錯，先生，您說的完全正確。我剛才的意思是，您是否知道那個人的名字？」

「不知道。」伯爵對白羅所提的問題似乎大惑不解，他說，「如果你想知道他的名字，他的護照上一定有吧？」

「他護照上的名字是雷契特。」白羅說，「可是，先生，那不是他的真名。他本名叫卡賽第，是全美國人盡皆知的一樁綁票案的主犯。」

他注視著伯爵，可是伯爵對這件事似乎無動於衷。他只稍微睜大了眼睛。

「啊！」他說，「那必定會使案情更加明朗了。美國真是一個特別的國家。」

「您或許到過美國吧，伯爵先生？」

「我在華盛頓住過一年。」

「那，也許您認識阿姆斯壯一家吧？」

「阿姆斯壯，阿姆斯壯……不大記得了，見過的人太多了。」他笑了一下，聳聳肩膀。「不過，言歸正傳，各位先生。」他說，「我還能幫你們什麼忙嗎？」

「您是什麼時候上床休息的，伯爵先生？」

赫丘勒・白羅看了一下車廂平面圖。安雷尼伯爵夫婦是住第十二號和十三號房，這兩個房間是相通的。

「我們用晚餐時就請管理員先將一個房間的床給鋪好。從餐車廂回房時我們便在另一間房裏坐了一會兒——」

「是哪一間？」

「十三號房。我們玩了一會兒紙牌。大約十一點時，我太太就上床睡覺了。然後我的床也鋪好了，我也上床睡了。我睡得很熟，一直睡到天亮。」

「您注意到火車停下來了嗎？」

「我是今天早上才知道的。」

「您的夫人呢？」

伯爵微笑道：

「我太太乘火車旅行總要吃安眠藥，這次她照常吃了才睡的。」他停了一下，接著說：「很抱歉無法幫什麼忙。」

白羅遞上紙筆，說：

「謝謝您，伯爵先生，可否寫下您的姓名和住址？只是例行程序。」

伯爵慢慢地、小心地寫著，並和藹地說：

「這只能由我自己寫。我的地址對那些不熟悉我國語言的人來說，是很難拼寫的。」

他寫好後把紙遞給白羅，然後站了起來。

「我太太沒有必要過來。」他說，「她不可能比我知道得更多。」

白羅的眼睛微微一亮，說道：

「這是毫無疑問的。不過儘管如此，我還是想和伯爵夫人談一下。」

「我確定沒有這個必要。」他的口氣有些獨斷。

白羅和善地對他眨了眨眼，說：

「只是例行程序。您要知道，這對於我的報告是必要的。」

「那就悉聽尊便吧！」

伯爵勉強讓了步。他依他們國家的習慣，微微一鞠躬，然後走出餐車廂。

白羅伸手取出一本護照，上面寫著伯爵的姓名和頭銜。他再往下看，上面還寫著「由妻子陪同」。他夫人的教名為艾琳娜・瑪麗亞，娘家姓哥登堡，年齡二十歲。上面還有一塊油漬，一定是哪個粗心的官員不知什麼時候沾到的。

「這是外交護照。」布克先生說，「我們必須避免冒犯他們。這等人物和兇殺案是沾不上邊的。」

「放心，老友，我會很小心的，問一下例行問題而已。」

他話剛說完，安雷尼伯爵夫人就走了進來。她有點靦腆，但極為嫵媚動人。

「你們想要見我嗎，各位先生？」

「只是例行公事而已，伯爵夫人。」白羅殷勤地站起來，微微鞠躬，示意她坐在對面的椅子上。「只想問您，昨天晚上是否曾看到或聽到什麼可疑的事。」白羅說。

「沒有，先生，我睡熟了。」

「您難道沒有聽見隔壁房間發出的騷動聲？住在您隔壁的美國太太歇斯底里發作了一陣，按鈴召來了管理員。」

「我什麼也沒聽見，先生。你知道，我服用了安眠藥。」

「哦，我明白了。好吧，我不必多留您了。」伯爵夫人迅速起身，白羅突然說：「等一下。這上面的資料——您的娘家姓氏、年齡等等，都正確嗎？」

「正確無誤，先生。」

「那就請您在這上面簽個名表示認可吧。」

她提起筆，很快就簽上，字體是優美的斜體：

艾琳娜・安雷尼

「您曾陪同伯爵到美國去嗎，夫人？」

「沒有，先生。」她微微一笑，臉上稍稍泛起紅暈，「那時候我們還沒結婚哩，我們結婚才一年。」

「啊，是啊。謝謝您，夫人。順便問一下，伯爵抽煙嗎？」

她停下腳步看著他，說：

「是的。」

「抽煙斗嗎？」

「不。只抽紙煙和雪茄。」

「啊！謝謝您。」

她欲走還留，好奇地注視著白羅。那對烏黑的杏眼真是可愛，長長的黑睫毛抵消了臉頰的蒼白。她那按照外國派頭塗得鮮紅的雙唇微微張著，容貌十分豔麗而富有異國風味。

「您為什麼這樣問？」

「夫人，」白羅輕鬆地揮著手說，「偵探不得不詢問各式各樣的問題。譬如，是否能請您告訴我，您的便袍是什麼顏色？」

她瞪著他，然後大笑起來。

「金黃色，紡綢。這個問題也很重要嗎？」

「非常重要，夫人。」

她非常好奇：

「你真的是偵探嗎？」

「隨時聽候吩咐，夫人。」

「我以為火車駛經南斯拉夫時車上不會有警探，要到進入義大利後才有。」

「我不是南斯拉夫的警探，夫人，我是國際偵探。」

「你是為國際聯盟工作的嗎？」

「我屬於全世界，夫人。」白羅誇張地說，「我主要在倫敦工作。您會說英語嗎？」

他用英語加了一句。

「我會說一點兒。」她的發音很好聽。

白羅再次微微鞠躬，說道：

「不留您了，夫人。您瞧，沒什麼大不了的！」

她微微一笑，略一仰頭便轉身走了。

「*Elle est jolie femme*,（法語：真是個美人啊）。」布克先生讚歎道。接著他又歎了一口氣說：「唉，我們沒有什麼進展。」

「是啊，」白羅說，「只是兩個什麼也沒看見、什麼也沒聽見的人。」

「現在我們要不要見見那個義大利人？」

白羅並沒有立刻回答。他正在研究那本匈牙利外交護照上的油漬。

8 阿布思諾上校的證詞

白羅微微一震，若有所悟。他的目光與布克先生焦急的眼神相接時稍微閃動了一下。

「啊，親愛的老朋友。」他說，「你瞧，我已成了人們所說的勢利眼了！我覺得應該先照顧頭等鋪位的旅客，然後再跟二等鋪位的打交道。我想，再來我們該詢問那個儀表堂堂的阿布思諾上校了。」

白羅發現這位上校的法語能力極為有限，因此改用英語進行詢問。在問明姓名、年齡、住址和確切的軍職資歷之後，白羅說：

「你從印度歸國是為了休假，也就是我們所說的放假，是嗎？」

阿布思諾上校對外國人如何稱呼某件事情完全不感興趣，他以道地的英式簡練風格說：

「是的。」

「可是你沒有搭乘『半島暨東方航運公司』的輪船回國。」

「沒有。」

「為什麼呢？」

「我選擇走陸路回國自有理由。」

他的表情似是在說：「就該這樣頂你一下。你這多管閒事的討厭傢伙！」

「你是從印度直接來的嗎？」

這位上校冷冷地說：

「我在迦勒底地區的烏爾停留了一夜，又在巴格達和一位擔任空軍指揮官的老朋友一起待了三天。」

「你在巴格達停留了三天。據了解，那位年輕的英國小姐德本漢也是從巴格達來的。或許你在那裏和她見過面吧？」

「沒有，我第一次碰到德本漢小姐，是在基爾庫克開往努賽賓的鐵道護送車上。」

白羅傾身向前，特意擺出一副懇切的模樣。

「先生，我要請你幫忙。你和德本漢小姐是火車上僅有的兩位英國人，我有必要詢問你們對彼此的看法。」

「這沒道理。」阿布思諾上校冷冷地說。

「不能這樣說。你要知道，這樁罪行極有可能是女人幹的。死者被戳了不下十二刀，連列車長也一看就說『這是女人幹的』。那麼，我的首要任務是什麼呢？就是要針對這節伊斯坦堡—加來車廂上的女乘客，像美國人所說的那樣，『翻過一遍』。可是，英國婦女是很難看透的，她們非常含蓄，英國人嘛！因此我得請你幫忙，先生，就看在伸張正義的份上。請告訴我，這位德本漢小姐是個什麼樣的人，你對她知道多少？」

上校相當激動地說：

「德本漢小姐是一位極有教養的女士。」

「噢！」白羅非常高興地說，「這麼說，你認為她不可能和這案子有什麼牽連囉？」

「這樣想本來就很荒謬。」阿布思諾說，「她根本不認識那個人，她從來沒見過他。」

「這是她說的嗎？」

「是的。她在見到他那相當可憎的相貌時就這樣對我說。如果真如你所說的，這案子與女人有關的話（這在我看來毫無根據），我敢說絕對與德本漢小姐無關。」

「你對此極為關切吧。」白羅微笑著說。

阿布思諾上校冷冷地瞪了他一眼，說道：

「我真不明白你這話是什麼意思。」

這一眼似乎令白羅有些不好意思，他垂下雙眼，開始撥弄面前的文件。

「我只是隨便聊聊。」他說，「現在我們回來談談和兇案有關的問題吧。我們有理由相信，這一兇案是發生在昨天深夜一點一刻的時候。一一詢問車上每個人當時在幹什麼，是必要的例行程序。」

「當然。一點一刻的時候，就我記得的，我正在和死者的秘書，那個年輕的美國人聊天。」

「哦！是在他房間，還是在你房間？」

「在他房間。」

「就是那個名叫麥奎恩的年輕人嗎？」

「就是他。」

「他是你的朋友或熟人嗎？」

「不是，我是在車上才認識他的。昨天我們偶然聊了起來，聊得很投機。一般來說我並不喜歡美國人，很討厭他們——」

白羅笑著，想起了麥奎恩對「英國佬」的苛評。

「不過我對這位年輕人卻很有好感。他對印度局勢有一些愚蠢的見解，這是美國人最糟糕的地方，太感情用事，喜歡空想。呃，他對我所講的事情很感興趣。我在印度住了將近三十年哪。而我對他所講的美國財政也心存好奇；我們還暢談世界政治形勢。等我一看手錶，才驚覺已經一點三刻了。」

「然後你們就結束談話了嗎？」

「是的。」

「接著你做了什麼？」

「走回自己房間，上床睡覺。」

「床鋪好了嗎？」

「是的。」

「你那間房是……唔，第十五號，遠離餐車廂的那一頭，倒數第二間，是嗎？」

「是的。」

「你進房間的時候，管理員在什麼地方？」

「坐在車廂最靠邊的一張小桌子旁。事實上，在我走進房間時，麥奎恩正在叫他。」

「叫他幹什麼？」

「大概是叫他鋪床吧。他的床那時還沒有鋪好。」

「阿布思諾上校，現在我要你仔細回想一下，你和麥奎恩聊天時，有沒有人經過那裏？」

「我想應該有不少人經過吧，我沒怎麼注意。」

「啊！我指的是——應該是你們聊天的最後一個半小時吧。你們在文科威車站下過車，是不是？」

「是的，可是只下去了大約一分鐘。外面風雪很大，冷到極點，回到溫暖的車廂裏真令人快慰，雖然我對車上暖氣太強實在十分不適。」

布克先生歎了一口氣，說道：

「要使所有人都滿意是很難的。英國人愛把門窗都打開，可是另外一些人，一上車就把什麼都關上。真是麻煩。」

白羅和阿布思諾上校沒有理他。

「現在，先生，回想一下當時的情況。」白羅敦促說，「外面很冷，你們又回到車裏，坐了下來。你抽著煙，或許抽紙煙，或許抽煙斗——」他停頓了一下。

「我抽煙斗，麥奎恩抽紙煙。」

「火車又開了。你抽著煙斗，你們談論著歐洲及世界的局勢。時間已經很晚了，大部份乘客都睡了。那時門外有人走過嗎，想想看？」

阿布思諾皺起眉頭，努力回想。

「很難說。」他說，「你要知道，我根本沒有注意。」

「可是你具備一名軍人的敏銳觀察力。比方說，也許你當時並未特別留意，但是有模糊的印象。」

上校想了一下，又搖搖頭。

「我說不上來。我不記得除了管理員之外有誰經過門外。等一下……我想，曾經有一個女人經過。」

「你看見她了嗎？她年紀大嗎，還是比較年輕？」

「我沒看見那個人，也沒有朝那邊看。我只聽到一些聲響，還有一股香水味兒。」

「香水味兒？高級香水嗎？」

「這個……有點水果香味，你懂我的意思吧，我是說那種大老遠就聞得到的香味。可是請注意，」上校急急忙忙地說，「這應該是發生在較早的時候。要知道，正如你剛才說的，對此事我只有模糊的印象。昨晚我在某個時候咕噥過一句：『女人的香水總是擦得太濃』。可是究竟是什麼時候我也記不清楚了，只是……沒錯，一定是在過了文科威之後。」

「為什麼？」

「因為我記得那是我談到史達林的五年計劃是一場慘敗的時候。我是從這個女人聯想到俄國婦女的處境。那是在談話快要結束時的事。」

「你能否講出更確切的時間？」

「這，沒有辦法。不過一定是在談話最後半小時那段時間內。」

「那是在火車停下來之後嗎？」

阿布思諾點點頭，說：

「是的，這我大致能肯定。」

「好吧，這一點我們就不深究了。你到過美國嗎，阿布思諾上校？」

「從沒去過，也不想去。」

「你認識一位阿姆斯壯上校嗎？」

「阿姆斯壯，阿姆斯壯……我認識兩三位姓阿姆斯壯的人。湯姆‧阿姆斯壯是六十師的，你不是指他吧？還有塞耳比‧阿姆斯壯，他是在索姆捐軀的。」

「我指的是那個娶了美國太太、僅有的一個孩子遭到綁架和殺害的阿姆斯壯上校。」

「啊，對了，我記得報紙報導過這件事，真是駭人聽聞。我沒見過阿姆斯壯上校，不過我知道這個人。他是個好人，人人都喜歡他。他資歷極佳，得過維多利亞十字勳章。」

「昨晚被殺害的那個人就是綁架阿姆斯壯小孩的主兇。」

阿布思諾的臉色立刻嚴肅起來。

「那麼在我看來，這個畜生是罪有應得。雖然我還是希望見到他被公開處以絞刑或送上電椅。」

「事實上，阿布思諾上校，你比較贊成用法律和秩序來解決，而不贊成私下報仇，是嗎？」

「這個，總不能像科西嘉人或義大利黑手黨那樣火拚殘殺啊。」上校說，「不管怎麼說，陪審制度仍不失為一種良好的制度。」

白羅靜靜地注視了他一會兒。

「是啊，」他說，「我相信你是這樣主張的。好吧，阿布思諾上校，我想我沒有問題要問了。你也想不起昨夜有何特別情況，或者說現在看來覺得特別的事，是嗎？」

阿布思諾想了一會兒。

「是的，」他說，「想不出有什麼事情。只是——」他遲疑了一下。

「只是什麼，請說吧！」

「哎，其實也沒有什麼。」上校慢條斯理地說，「不過你說任何事情都可以。」

「是啊，說下去。」

「也沒有什麼，只是一件小事。我走回房間的時候，看到隔壁房間的門，就是最後面那個房間的門——」

「哦，十六號房。」

「是啊，那扇門當時並未完全關上，屋裏那傢伙正鬼鬼祟祟地向外張望。接著他很快就關上了門。當然我知道這沒什麼，只是我感到有些古怪。我是說，如果你想看什麼東西，大可把門打開，探頭出來看。引起我注意的只是他那種鬼鬼祟祟的樣子。」

「是的。」白羅半信半疑地說。

「我說過，不是什麼重要的事，」阿布思諾不好意思地說，「不過你知道，問題是，深更半夜，一切都靜悄悄的，這樣做似是有什麼陰謀詭計——像偵探小說寫的那樣。不過這些都是廢話。」

他站起來。

「好吧，如果你已經沒有問題了——」

「謝謝你，阿布思諾上校，沒有其他要問的了。」

這位軍人遲疑了一下。之前那種遭到「外國人」盤問所產生的不快反應，在他身上已不復見。

「關於德本漢小姐，」他有點彆扭地說，「你可以相信我，她沒有問題。她屬於『普卡・薩希』（*pukka sahib*，士紳階級）。」

他紅著臉走出餐車廂。

「普卡・薩希是什麼意思？」康士坦丁醫生好奇地問。

「他的意思是，德本漢小姐的父兄和他是同一階層的人。」白羅說。

「啊！」康士坦丁醫生感到失望，「那就和兇殺案毫無關係囉！」

「沒錯。」白羅說。

他陷入長考，手指輕輕地敲著桌面。然後他瞇起眼睛，說道：

「阿布思諾上校抽的是煙斗。而我曾在雷契特先生房裏撿到一根煙斗通條。雷契特是只吸雪茄的。」

「你認為——」

「目前為止，只有他是抽煙斗的。他說他知道阿姆斯壯上校——或許他其實是認識他的，只不過不願承認而已。」

「所以你認為可能是——」

白羅使勁地搖頭。

「沒有沒有，這不可能，太不可能啦！一位體面、有點笨拙的正直英國人，會用小刀在他的仇人身上戳上十二下？我的朋友，你不覺得這很不可思議嗎？」

「這得看是在什麼心理狀態下了。」布克先生說。

「心理狀態當然是有關係。這樁罪行也有它的標記，不過並不是阿布思諾上校的標記。現在，接著詢問下一個人吧。」

這一次布克先生沒有再提那個義大利人了。不過他心裏還是想著他。

9 哈德曼先生的證詞

頭等鋪位最後一位接受詢問的乘客哈德曼先生，就是那個曾與義大利人和英國男僕共坐一桌、服飾花俏的大個兒美國人。

他穿著鮮豔的格子呢西裝和粉紅色襯衫，領帶上的別針閃閃發亮。他走進餐車廂時，嘴裏還一面嚼著東西。他那張大臉，肥胖又粗獷，但面容極為和善。

「早安，各位先生。」他說，「我能幫什麼忙呢？」

「你已經聽說車上發生謀殺案了吧，哈德曼先生？」

「當然。」他靈活地把嘴裏的口香糖換一個位置嚼著。

「我們需要對車上的乘客一一進行訪談。」

「這沒問題。我想也只能這樣做了。」

白羅翻了一下他面前的護照。

「你是賽勒斯・貝思曼・哈德曼，美國公民，四十一歲，是打字機色帶的旅行推銷員，是嗎？」

「沒錯，我是。」

「你是要從伊斯坦堡到巴黎？」

「是的。」

「目的是……」

「做生意。」

「你每次都乘坐頭等鋪位嗎，哈德曼先生？」

「是的，先生，我的旅費是由公司支付的。」他俏皮地眨了一下眼睛。

「現在，哈德曼先生，我們來談談昨天夜裏的事。」

這位美國人點頭表示同意。

「關於昨天晚上，你有什麼可以告訴我們的呢？」

「實在沒什麼可說的。」

「啊，太遺憾了。也許，哈德曼先生，你可以把你昨天晚上所做的事原原本本告訴我們，從晚餐後說起。」

這個美國人第一次露出不知該怎麼回答的神情。最後他說：

「請原諒我冒犯，各位先生，可是，你們究竟是什麼人？透露一點吧！」

「這位是國際鐵路臥車公司的董事布克先生。那位先生是檢驗屍體的醫生。」

「那你呢？」

「我是赫丘勒・白羅。我受鐵路公司委託來調查這個案子。」

「我聽說過你的名字。」哈德曼先生說。他又思忖了一會兒，說道：「我還是和盤托出為妙。」

「當然你最好把所知道的一切都告訴我們。」白羅冷冷地說。

「如果我真知道什麼，那麼你說這話就理所當然了。可是事實不然。正如我剛才說的，我什麼都不清楚。但我是應該要知道點什麼的。這正是我惱火的原因，我應該要知道的。」

「請你解釋一下，哈德曼先生。」

哈德曼先生歎了一口氣，吐掉了口香糖，把手伸進衣袋裏。同時，他整個人似乎經歷了一番變化。他不再裝腔做勢，感覺自然多了，鼻音也不再那麼重。

「那張護照是唬人的。」他說，「這才是真正的我。」

白羅仔細看著他遞過來的名片。布克先生也在一旁探頭觀看。

賽勒斯・B・哈德曼

紐約麥克尼爾偵探事務所

白羅聽說過這家事務所，那是紐約最負盛名的私家偵探事務所之一。

「現在，哈德曼先生，」他說，「請說說這是怎麼回事吧。」

「好。事情是這樣的，我原本是來歐洲追蹤兩名竊賊的，和這件事毫無關係。我在伊斯坦堡結束任務後，打電報給上司，他叫我返回公司。就在我打點行裝準備返回紐約時，我接到了這封信。」

他遞過來一封信，信箋上端有托卡良旅館的標記。

先生：

有人告訴我，你是麥克尼爾偵探事務所的私家偵探。懇請於今日下午四時到我房中一晤。

署名是「S・E・雷契特」。

「然後呢？」

「我準時到他房間。雷契特先生講了他的處境，他還給我看他收到的兩封信。」

「他很驚慌嗎？」

「他故做鎮靜，不過還是很慌亂。他向我提出一個要求，要我和他一起搭火車前往帕羅斯，務必使他不致遭人毒手。嗯，各位先生，於是我和他乘了同一列火車，可是，儘管有我在，他還是遭到了暗算。我當然覺得惱火，這使我臉上無光。」

「他有沒有指示你該怎麼做？」

「當然，他全都安排好了。他要我住他隔壁——但這計劃完全落空，我只能弄到第十六號鋪位，而且，弄個鋪位也費了我很多工夫。我猜想管理員是想把那個房間留著備用。姑且不去管它，我在觀察各方面的形勢之後，我發現十六號房的戰略地位相當好。這節發自伊斯坦堡的臥車車廂，前面只有餐車車廂，而前面能通往車外的門，在晚上是栓住的；任何人想進這節車廂，只有從車廂尾端的車門上來，或是從後面的車廂過來。不論從哪裏來，他都得經過我的房門。」

「我想，你大概不知道兇手是什麼樣的人吧！」

「這個，我知道他是什麼模樣，雷契特先生向我描繪過。」

「你說什麼？」

其他三個人一致傾身向前。

哈德曼繼續說：

「他是一個矮個兒，深色皮膚、嗓音像女人——這是那老頭子說的。他還說，他認為第一天晚上不會有什麼動靜，很可能是在第二天或第三天晚上動手。」

「他還真掌握了一些情況。」布克先生說。

「他所掌握的情況當然要比他告訴秘書的多。」白羅思考著說，「關於這個仇人，他對你說了些什麼沒有？譬如說，他有沒有說過，為什麼他的性命會受到威脅？」

「沒有，關於這方面的情況他是閉口不談的。他只是說那個傢伙想要他的命，而且不達目的絕不罷休。」

「矮個兒，深色皮膚，嗓音像女人……」白羅沉思著。接著，他兩眼盯住哈德曼，問道：「你應該知道他的真實身份囉？」

「你指的是誰，先生？」

「雷契特。你認出他來了嗎？」

「我不懂。」

「雷契特本來叫卡賽第，就是阿姆斯壯綁票案的兇手。」

哈德曼先生長長的吹了一聲口哨。

「真是想不到！」他說，「是啊，先生！我沒有認出他來。那件案子發生時，我人在美國西部。我想我在報紙上看過他的照片。不過，新聞記者拍攝的照片，即使是他們的親娘恐怕也認不出來。這個嘛……有人對卡賽第心懷怨恨，我倒不驚訝。」

「你知不知道和阿姆斯壯一案有關的人員中，有誰符合他所描繪的模樣？矮個兒，深色皮膚，嗓音像女人？」

哈德曼想了一兩分鐘。

「這很難說。和該案有關聯的人差不多都已死光了。」

「其中有個少女是跳樓自殺的，記得嗎？」

「當然，這倒是個線索。她好像是外國人，也許還有歐洲方面的親戚。不過你知道，他除了阿姆斯壯一案之外還有過其他案子。卡賽第幹過好多年的綁票勾當，你不能只注意這一件案子。」

「哦，可是我們有理由相信，這件罪行是和阿姆斯壯一案有關。」

哈德曼先生揚起眉毛，詫異地瞥了白羅一眼。白羅沒有理會。這個美國人搖搖頭說：

「我想不出相關人員中，有誰的長相符合他所描繪的樣子。」他慢吞吞地說，「不過，我並未插手此案，當然了解的也有限。」

「好吧，繼續講下去，哈德曼先生。」

「沒有什麼可講的了。我是白天睡覺，晚上守夜監視。頭一晚沒有發生可疑的情況。昨夜，就我來講，也還是一切如常。我把房門打開一條縫，注視著四周動靜，並沒有陌生人從門口經過。」

「這一點你能肯定嗎，哈德曼先生？」

「我非常肯定。沒有人從車外進到車廂裏來，也沒有人從後面車廂跑到前面來。這我敢發誓保證。」

「你從房裏能看見管理員嗎？」

「當然可以。他坐的那個小椅子幾乎正對著我的房門。」

「火車在文科威車站停下後，他有沒有離開過座位？」

「你指的是上一個停靠站嗎？哦，對了，他去應過兩次服務鈴，那是在火車最後一次停下後不久。在那之後，他經過我的門口到後面車廂去了，在那裏待了約十五分鐘。然後，有人瘋了似地猛按鈴，他就跑了回來。我跨出門到走道上，看是怎麼回事——感覺有點緊張，你知道。原來只是那位美國太太，她不知為什麼事在那裏大聲嚷嚷。我笑了笑。接著他又去另外一個房間應鈴，又走回來，拿了一瓶礦泉水送過去。然後他就在他的座位上坐著，後來又起身去為車廂另一頭的旅客鋪床。此後直到今天早上五點鐘左右，他都沒有走開過。」

「他打過瞌睡沒有？」

「這我說不上來，或許有。」

白羅點點頭。他快速理了一下桌上的文件，揀出了那張正式的名片，說：

「請在這裏簽個字吧！」

哈德曼照著做了。

「我想，哈德曼先生，沒人能夠證實你的身份吧？」

「在這列火車上嗎？恐怕找不到。麥奎恩還有些可能。我早就認識他，我曾在紐約他父親的辦公室見過他。不過這並不代表他能認出我，當時現場有一大堆偵探。沒辦法的，白羅先生，你只能等待，等雪停之後向紐約打電報。不過，放心好了，我不是在胡說八道。好了，各位先生，再見。白羅先生，很高興認識你。」

白羅遞出了他的香煙盒。

「還是你喜歡抽煙斗？」

「不，我是不抽煙斗的。」

他動手取了一支煙，接著就輕快地走了。

留下的這三個人面面相覷。

「你認為他可靠嗎？」過了一會兒康士坦丁醫生問。

「是的，我見過這種人。而且他那些話如果是假的，是很容易拆穿的。」

「他向我們提供了一個非常有趣的線索。」布克先生說。

「是的，很有趣。」

「一個矮個兒，深色皮膚，尖尖的嗓門兒。」布克先生若有所思地說。

「這些特徵，在這列火車上沒有人符合。」白羅說。

10 義大利人的證詞

「現在，」白羅目光炯炯地說，「我們要讓布克先生高興一下，來見見那個義大利人吧！」

安東尼奧・福卡雷利臉上堆著笑，以矯捷的步伐像隻貓似的走進餐車廂。他那張典型的義大利臉，叫太陽曬得黑亮黑亮的。他的法語講得相當流利，略帶一點外國口音。

「你叫安東尼奧・福卡雷利嗎？」

「是的，先生。」

「我知道你是歸化入籍的美國公民，是嗎？」

這個美國人咧嘴一笑，說道：

「是的，先生，這樣做起生意來更方便些。」

「你是福特汽車的經銷商嗎？」

「是的，你知道——」

接著他滔滔不絕地說明起來，等他說明完畢時，在座的三位先生對福卡雷利的經商手法、他的行程、他的收入、他對美國和大多數歐洲國家的觀感等等，全都大致了解了。這個人不是那種需要從他嘴裏掏情報的人，他口若懸河，什麼都說。

當他做出最後一個誇張的姿勢結束了他的說明，並用手帕抹著前額時，他那孩子般溫厚的臉上浮起心滿意足的笑容。

「所以你們知道，」他說，「我做的是大買賣，我是順應時代的，我精通生意經！」

「這麼說來，在過去十年裏，你經常去美國囉？」

「對啊，先生。說起來，我第一次乘船去美國的那天，我還記得清清楚楚，美國，那麼遙遠！我的母親，我的小妹妹——」

白羅趕忙打斷他那滔滔不絕的回憶。

「你在美國逗留期間見過死者嗎？」

「從沒見過。不過這類人我是很了解的。」他吧嗒打了個榧子，繼續說道，「這種人外表威嚴，服飾考究，可是骨子裏壞的很。根據我的經驗，我敢說他準是個大惡徒。不管對不對，我就是這樣看的。」

「你的看法很對。」白羅冷靜地說，「雷契特就是那個綁匪卡賽第。」

「我說得沒錯吧？我非常敏銳，很會看人。這是必要的，只有在美國你才學得到正確的推銷方法。」

「你還記得阿姆斯壯綁票案嗎？」

「我不太記得了。那名字，是那個嗎？是一個小女孩——一個幼兒是不是？」

「是的，是件非常悲慘的事。」

這個義大利人似乎是第一個沒有附和此說的人。他以一種達觀的態度說道：

「唉，這種事竟會在美國這樣一個高度文明的國家中——」

白羅打斷他的話，問道：

「你見過阿姆斯壯家的人嗎？」

「沒有，我想沒有，不能說有。我要告訴你一些數字，僅僅去年我就銷售了——」

「先生，請你不要扯到別處去。」

那義大利人攤開兩手，表示抱歉。

「請多原諒。」

「對不起，請你詳細說明你昨天晚上吃完晚飯後的行蹤。」

「好的。我在餐車廂裏多坐了一會兒，因為那裏比較有趣。我和我同桌的那位美國人談了一會兒，他是銷售打字機色帶的。然後我回到房間，房裏沒有人。那個可憐的英國人，和我同房的那個，去伺候他的主人去了。最後他回房來了，臉拉得和往常一樣長。他不願意談話，只回答是與不是。英國人真是個可憐的民族，毫不感性。他在角落裏坐得筆直，看著書。然後管理員來替我們鋪了床。」

「是四號和五號鋪位。」白羅低聲說。

「沒錯，就是最旁邊那間。我睡上鋪，我上了床就抽抽煙，看看書。我想那個英國人一定是犯了牙疼。他拿出一小瓶氣味很濃的東西，躺在床上直呻吟。我不久就睡著了。每次我醒過來時都聽他在呻吟。」

「他夜裏有沒有出去過？」

「我想沒有。要是出去，我不會沒聽見的。走道上如果有燈亮著，誰都會驚醒過來，以為是到了哪個邊境上，海關人員來檢查了。」

「他向你提起過他的主人沒有？有沒有表露過對他主人的憎惡或什麼的？」

「我跟你說，他不愛講話，百事不管，對什麼都無動於衷。」

「你說你抽煙，是抽煙斗、紙煙，還是雪茄？」

「只抽紙煙。」

白羅向他遞了一支紙煙，他接了過去。

「你在芝加哥待過嗎？」布克先生問。

「啊，待過，好地方。不過我最熟悉的城市是紐約、華盛頓、底特律。你也到過美國嗎？沒有？真該去一下，那裏——」

白羅把一張紙推到他面前。

「請寫下你的姓名，還有你的永久通訊處。」

這位義大利人寫的是花體字。接著他站了起來，臉上仍然是那副動人的笑容。

「沒有別的事了嗎？你不再想問別的問題？好，各位先生再見。我真盼望我們能擺脫雪阻。我在米蘭還有個約會——」他憂心忡忡地搖著頭，「我有一筆生意做不成了。」說著他走了出去。

白羅看著他的朋友。布克先生說：

「他在美國待過很久，又是義大利人，而義大利人是愛用刀子的！他們還善於撒謊！我不喜歡義大利人。」

「我知道，」白羅微笑著說，「也許你是對的。但是我的朋友，我得向你指出，到目前為止，還找不到任何對他不利的證據。」

「心理狀態不算嗎？義大利人不是喜歡用刀子嗎？」

「這倒不假，」白羅說，「尤其是吵得不可開交時。可是這樁案子並不是這麼一回事。老朋友，我倒認為這是一件經過周密策劃和佈置的罪行，是一件有著深謀遠慮的罪行。這並不是一件——怎麼說呢，富拉丁民族風格的罪行。從這案件中可以看出策劃者頭腦冷靜、深思熟慮、足智多謀。我認為這是盎格魯撒克遜人的點子。」

他挑出最後兩本護照，說道：

「現在我們來會見一下瑪麗・德本漢小姐吧。」

11 德本漢小姐的證詞

瑪麗・德本漢走進餐車廂時，證實了白羅早些時候對她的評價。她身穿一套短小的黑色衣服，配以淺灰色的襯衫，顯得十分協調。她那頭深色的頭髮帶有光滑的波紋，梳得整整齊齊，紋絲不亂。她的神態也像她的頭髮那樣，安詳自若，不動聲色。

她在白羅和布克先生的對面坐了下來，用探詢的眼光注視著他們兩人。

「你的姓名是瑪麗・赫麥奧妮・德本漢，現年二十六歲，對嗎？」

「對的。」

「是英國人嗎？」

「是的。」

「小姐，能否請你在這張紙上寫下你的永久通訊處？」

她照著做了。字跡清晰秀麗。

「現在，小姐，關於昨天晚上的事，你能告訴我們些什麼呢？」

「恐怕沒什麼可說的。那時我已經上床睡覺了。」

「小姐，這列火車上發生了一件兇殺案，你對此感到難過嗎？」

這個問題顯然出乎她意料之外，她那對灰色的眼睛睜大了一點兒。

「我不大明白你的意思。」

「我的問題非常簡單，小姐。我再重覆一遍：這列火車上發生了一件兇殺案，你感到難過嗎？」

「我沒有認真想過。不過，我的回答是『不』，我不能說我感到難過。」

「發生一件兇案對你來說並不稀奇，是嗎？」

「發生這樣的事當然是不愉快的。」瑪麗・德本漢冷靜地說。

「你真是十足的盎格魯撒克遜性格，小姐，你毫不流露感情。」

她微微一笑。

「恐怕我不會以歇斯底里的方式來表達我的感情。何況，死亡的事每天都有。」

「是的，每天都有。可是謀殺案卻不是每天都有的。」

「那當然。」

「你原來並不認識死者嗎？」

「我是昨天在這裏吃午飯時才第一次看到他。」

「你對他的印象怎麼樣？」

「我根本沒去注意他。」

「你並不覺得他是壞人？」

她聳聳肩膀。

「我真沒想過這個問題。」

白羅兩眼盯著她說：

「我想，你是對我詢問的方式不大滿意吧。」他眨了眨眼睛，「你認為，在英國就不會以這種方式進行詢問。在英國，一切都有固定的一套方式，詢問只嚴格限於與案情有關的事情循序進行。可是，小姐，我有自己的一套方法。我先要審視一下證人，了解他們的個性，然後再按情況提問題。剛才我詢問的那位先生，想把他想到的一切，不論什麼內容，全都告訴我。對他那樣的人，我只能請他答話不要離題；我要他只回答是或否，這個還是那個。接著就是和你談話了。我馬上看出你是個有條不紊的人，你就事論事，回答問題一定簡要又切題。唉，小姐，人生來就愛找麻煩，所以我要向你提出的問題完全是另外一套做法。我問你『覺得』如何、有何『看法』，這種詢問方法你不喜歡嗎？」

「如果你不介意，那麼我得說，這種詢問方法有些浪費時間。雷契特先生給我的印象是好是壞，和是誰殺了他似乎毫無關係。」

「你知道雷契特這個人到底是誰嗎？」

她點點頭答道：

「赫伯德太太跟所有人都講了。」

「那麼你對阿姆斯壯案有何看法？」

「惡劣透了。」她乾脆地回答。

白羅若有所思地看著她。

「德本漢小姐，我想你是從巴格達上車的吧？」

「是的。」

「是去倫敦嗎？」

「是的。」

「你在巴格達做什麼工作？」

「當家庭教師，教兩個孩子。」

「假期結束後你是否還回去當家庭教師呢？」

「現在還不確定。」

「為什麼呢？」

「巴格達這地方不大安定。如果我能在倫敦找到一個合適的差事，我寧願在倫敦工作。」

「明白了，我還以為你也許是去結婚的呢。」

德本漢小姐沒有答話。她瞇起眼睛，正視白羅的臉。她的眼神顯然是在說：「你真沒禮貌。」

「你對和你同房的那位女士奧爾森小姐有什麼看法?」

「她看來心胸開朗,質樸、單純。」

「她的便袍是什麼顏色?」

瑪麗・德本漢瞪大了雙眼。

「有點兒淺棕色的那種天然羊毛。」

「啊!我想我可以不算失禮地透露一下,火車從阿勒坡開往伊斯坦堡時,我曾看過你的便袍,似乎是淡紫紅色的吧!」

「是的,正是那顏色。」

「你還有其他顏色的便袍嗎,小姐?譬如說,有沒有緋紅色的?」

「沒有,那不是我的便袍。」

白羅的身子朝前探了一下,就像是一隻撲向老鼠的貓。

「那麼,那是誰的便袍?」

那位小姐的身子向後縮了一下,似乎吃了一驚。

「我不知道。你是什麼意思?」

「你並沒有說『我沒有那樣的便袍』,而是說『那不是我的便袍』,這就表明有某個人確實有那樣一件便袍。」

她點點頭。

「是這列火車上的某個人嗎？」

「是的。」

「是誰？」

「我剛才已經告訴你了：我不知道。今天早晨我大約五點鐘就醒了，當時我感到火車已經停了很長時間沒有開動。我打開房門，朝走道上看去，猜測我們大概是停在哪一個站上。那時我見到走道另一頭有個人穿著一件緋紅色的便袍。」

「你看不出來那人是誰嗎？她是金髮或黑髮，還是灰髮？」

「我說不上來。她頭上戴著睡帽，我也只見到她的背影。」

「身材大小呢？」

「看來身材不矮，挺苗條，不過很難說。那件便袍上還繡著龍呢。」

「沒錯，是的，是龍。」白羅頓時沉默下來。然後他低聲自言自語：「我簡直沒法理解，沒法理解！沒有一件事講得通！」接著他抬起頭來說：「我不必再留你了，小姐。」

「哦！」她像是吃了一驚，可是馬上站了起來。

不過在走到門口時她遲疑了一下，然後又走回來說：

「那位瑞典女士叫奧爾森小姐，對嗎？她好像心事重重。她說，你對她說，她是最後一個見到死者的人。我想，她覺得你在懷疑她。我能告訴她你並不是這樣想的嗎？你知道，她是那種連一隻蒼蠅都不願打的人哪！」

她微微一笑。

「她去赫伯德太太那裏拿阿司匹靈時是幾點鐘？」

「十點半剛過。」

「她走開了多久時間？」

「大約五分鐘。」

「夜裏她還離開過房間嗎？」

「沒有。」

白羅轉過去問醫生。

「雷契特有可能是在那樣早的時候被殺的嗎？」

醫生搖搖頭。

「既然這樣，我想你可以請你的朋友放心，小姐。」

「謝謝。」她突然向他露出笑容，這笑容是在請求對方諒解，「你知道，她像一頭綿羊一樣，心裏一著急就會低聲嘟囔。」

她轉身走出了餐車廂。

12 德國女僕的證詞

布克先生用好奇的目光注視著他的朋友。

「我不大了解，老朋友，你這是想做什麼？」

「我是在尋找破綻，我的朋友。」

「破綻？」

「是的，在她沉著鎮靜的防護甲上尋找破綻，希望動搖她那冷漠的態度。我達到目的了嗎？我不知道，可是我知道一點——她沒有料到我會那樣處理事情。」

「你在懷疑她，」布克先生慢吞吞地說，「可是為什麼呢？她看上去是個好女孩，全世界最不可能與這類案件有牽連的，就是她。」

「我同意。」康士坦丁醫生說，「她很冷漠，非常鎮靜，她不會用刀去戳人，只會到法院去對他提出告訴。」

白羅歎了一口氣。

「你們二位不要老是認為這樁命案是未經籌劃而突然發生的，拋開這種念頭吧！至於我為什麼要懷疑德本漢小姐，有兩個原因。一是，我曾經在無意中聽到一段談話，那是你們還不知道的。」

接著，他把列車駛離阿勒坡之後他偶然聽到的那段對話，對他們講了一遍。

他講完後，布克先生立刻說：

「這倒奇怪得很。這件事需要解釋清楚。如果它正如你所料想的那樣，那麼他們兩人——她和那位頑固的英國人，就都與案子有關係了。」

白羅點點頭。

「可是現在證據所顯示的並非如此，」他說，「你們想一想，如果他們兩人都與案子牽連，那麼他們一定會互相為對方開脫，證明案發時對方不在現場，不是嗎？可是實際情況卻不是這樣。替德本漢小姐證明她不在現場的，是那個她過去素不相識的瑞典女人，而出來擔保阿布思諾上校不在現場的，卻是死者的秘書麥奎恩……不對，這樣的想法太簡單。」

「你剛才說，你之所以懷疑她，還有另一個原因。」布克先生提醒他。

白羅微微一笑。

「是啊！不過那只是從心理狀態來看。我問我自己，德本漢小姐有沒有可能策劃這件兇案？因為我相信在這樁案件背後，有一副冷靜、聰明而足智多謀的頭腦在操控，而這些形容詞都適用於德本漢小姐。」

布克先生搖搖頭。

「我認為你錯了，老朋友。我覺得那位年輕的英國小姐完全不像個罪犯。」

「那，好吧。」白羅說著，拿起最後一本護照，「這是我名單上最後一個名字了。希德加第・施米特，公主的女僕。」

服務員去把希德加第・施米特找來了。這個女僕進了餐車廂便恭恭敬敬地站在那裏等候。

白羅示意她坐下。

她坐下來，雙手交叉著，靜靜地聽候詢問。她的樣子就像一隻安靜的小動物，極其文雅，但也許並不太機靈。

白羅對付希德加第・施米特的辦法，和對付瑪麗・德本漢時迥然不同。他顯得極其親切，非常和藹，使那個女人不感到拘束。隨後，在讓她寫下姓名和住址之後，他從容不迫地開始進行詢問。

他們的談話用的是德語。

「我們想盡可能知道昨晚發生的情況。」他說，「我們知道你無法提供太多與兇案相關的細節，可是你也許曾經耳聞目睹過什麼。那些情況對你雖然沒有意義，對我們卻可能很有價值。懂嗎？」

她似乎並不懂。她那寬闊而和藹的臉龐露出一副茫然的表情。她回答說：

「我什麼也不知道，先生。」

「譬如說，你知道你的女主人昨晚召喚過你吧？」

「這，是的。」

「你還記得那是幾點鐘嗎？」

「我不記得了，先生。你知道，我已經睡著了，是管理員來叫我的。」

「對，對。她常半夜召喚你嗎？」

「不算稀奇，先生。這位仁慈的公主夜裏常需要人照料，她睡不熟。」

「好吧，那麼，你受到召喚，起了床。你穿上便袍沒有？」

「沒有，先生，我穿上外出服。我不喜歡穿著便袍去見公主。」

「不過你那件便袍還是相當漂亮，是緋紅色的，不是嗎？」

她兩眼瞪著他。

「我的便袍是深藍色的法蘭絨，先生。」

「啊！我只是開個玩笑。於是你就到公主的房間去了。你進去之後做了些什麼呢？」

「我替她按摩，先生，然後我唸書給她聽。我唸得並不好，可是公主說沒關係，這能讓她早點入睡。當然等到她有些睡意時，先生，她就吩咐我回去，於是我就闔上書，回到我自己的房間。」

「你知道那時候是幾點鐘嗎？」

「不知道，先生。」

「那麼，你在公主的房間裏待了多久呢？」

「大約有半小時，先生。」

「很好，接著說。」

「首先，我從我的房裏給她帶去一條毛毯。儘管有暖氣，車廂裏還是冷颼颼的。我替她蓋好毛毯，她向我道了晚安。我又替她倒好一些礦泉水，然後我就熄了燈，走出她的房間。」

「後來呢？」

「後來就沒有什麼了，先生。我回到自己的房間後便上床睡了。」

「你在走道上沒碰見別人嗎？」

「沒有，先生。」

「譬如說，你沒有看見一位女人，她穿著繡有龍形的緋紅色便袍嗎？」

她那對溫馴的眼睛睜得大大的。

「沒有，先生。除了管理員外，沒有別人。大家都睡了。」

「那麼你看到管理員了？」

「是的，先生。」

「他在幹什麼？」

「他從一個房間裏走出來，先生。」

「什麼？」布克先生向前湊了一下，「哪一間？」

希德加第・施米特又露出了驚恐的神色，白羅向他的朋友瞟了一眼，目光中不無申斥之意。

「那當然，」他說，「管理員總得在夜裏去伺候按鈴的乘客。你記得那是哪一間嗎？」

「那間房間大致是在車廂中段，先生，公主的房間再過去兩三間。」

「啊！請確切地告訴我們是哪一間，以及當時發生的情況。」

「他差一點兒和我撞個滿懷，先生。那時我正從我房間拿了毛毯走向公主的房間。」

「他從某個房間出來，差一點撞到你，是嗎？他是朝哪個方向走的？」

「朝我這邊，先生。他道了歉，從我身邊走過，順著走道走向餐車廂。那時又響起鈴聲，不過我不記得他有沒有理會。」她停一下接著又說：「我不明白，怎麼會——」

白羅用安撫的口吻說：

「那不過是碰巧罷了，這些都是他的日常工作。這個可憐的管理員，看來忙了一夜。先是得把你叫醒，然後又得去應答鈴聲。」

「把我叫醒的不是這個管理員，先生，是另外一個。」

「什麼，另外一個！你曾經見過他嗎？」

「沒見過，先生。」

「原來如此！如果你再見到他，能夠認出他來嗎？」

「認得出來，先生。」

白羅向布克先生低聲說了幾句話。布克先生走到門邊去吩咐了一下。

白羅仍以友好、自如的神態繼續提問：

「你去過美國嗎，施米特太太？」

「從沒去過，先生。那個國家一定很好。」

「也許你已經聽說被殺死的這個人是什麼人。他曾經弄死了一個小孩子。」

「是的，我聽說了，先生。真可惡，真狠毒，上帝絕不會容忍這類行為。我們德國人沒有這樣狠毒的。」

她的雙眼淚光閃閃，她強烈的母性被觸動了。

「真是罪大惡極。」白羅語調沉重。

他從口袋裏抽出一條麻紗手絹遞給她。

「這是你的手絹嗎，施米特太太？」

那女人仔細看著那塊手絹，一時間沒有說話。過了一會兒，她抬起頭來，兩頰微微泛紅。

「啊！不是，真的不是。這不是我的手絹，先生。」

「你看，這裏不是繡著大寫的H嗎？所以我以為是你的呢。」

「啊！先生，這是一塊很值錢的手絹，是手工刺繡的，只有高貴的夫人才用得起。我想它是從巴黎買來的。」

「這手絹不是你的，而且你也不知道是誰的嗎？」

「我？呃，不知道，先生。」

在聽她說話的三個人之中，只有白羅察覺到她略有遲疑。

布克先生向他小聲耳語了幾句，白羅點點頭，對那女子說：

「三位臥車管理員都來了。能否請你告訴我，昨天夜裏你帶著毛毯到公主房裏時，你碰見的是哪一位？」

三位管理員都走進了餐車廂。他們是皮耶・米歇爾、雅典—巴黎車廂的金髮高個兒管理員，以及布加勒斯特車廂的強壯管理員。

希德加第・施米特朝他們注視了一下，馬上搖搖頭。

「不對，先生。」她說，「他們都不是我昨天夜裏見到的那個人。」

「可是車上只有他們三個管理員啊！你一定弄錯了。」

「我絕不會弄錯，先生。這三位都是又高又大的人，可是我見到的那人卻是身材矮小、皮膚黝黑、還蓄著一點兒小鬍子。當他說『對不起』時，聲音輕得像個女人。這我確實記得很清楚，先生。」

13 對眾證詞的概觀

「一個皮膚黝黑的小個兒，聲音像女人。」布克先生說。等那三位管理員和希德加第・施米特離去之後，布克先生做出一個無奈的手勢：「我真不明白，完全不明白！這麼說，死者雷契特所說的仇人，當時就在火車上了？那麼現在他在哪裏呢？他怎麼可能一下子就消失得無影無蹤呢？我的腦袋全昏了。你說說，老朋友，我懇求你說一說，告訴我這些不可能的事情怎麼會發生！」

白羅說：

「俗話說得好：『不可能的事是不會發生的』。所以儘管看來不可能，實際上卻必然可能。」

「那你就趕快解釋一下，昨天晚上車上到底發生了什麼事。」

「我可不是魔術師，朋友，我和你一樣，十分困惑不解。這件案子極不尋常，非常奇特。」

「我們對這件案子的偵查毫無進展，只是在原地踏步。」

白羅搖搖頭：

「不，不是這樣，我們已有所進展。我們知道了某些情況，我們聽到了乘客們的證詞。」

「證詞告訴了我們什麼？什麼也沒有啊。」

「我不這樣認為，我的朋友。」

「也許我說得誇張了一些。那個美國人哈德曼，以及那個德國女僕，是的，他們給我們提供了一些新情況。然而，與他們一談後，整個案子比原來更令人費解了！」

「不，不，不。」白羅安慰他。

布克先生衝著他說：

「那麼你說吧，讓我們領教一下赫丘勒的才智。」

「我不是說過我也一樣困惑不解嗎？不過至少我們可以面對問題，我們可以把手頭掌握的事實有條理地整理一下。」

「請繼續說下去，先生。」康士坦丁醫生說。

白羅清了清嗓子，把一張吸墨紙拉平。

「我們來整理一下目前的狀況。首先，有某些事實是無可爭辯的。這個名叫雷契特或叫卡賽第的人，被戳了十二刀，於昨夜死亡。這是第一件事實。」

「算是吧！同意了，老朋友。」布克先生的話中含有嘲諷之意。

赫丘勒一點也不生氣，他繼續冷靜地說：

「我要暫時把康士坦丁醫生和我討論過的某些怪現象先丟在一邊，等會兒再談。據我看，下一個重要的事實，是做案的時間。」

「那是我們已知的少數事實。」布克先生說，「做案的時間是今天凌晨一點十五分，所有證據都這樣告訴我們。」

「不是所有的證據，你說得太誇張了。當然，有為數不少的證據支持這種看法。」

「我很高興你至少承認了這一點。」

白羅沒有理會他，繼續沉著地講下去。

「擺在我們面前的，有三種可能性。

「第一種，就是像你們所說的，做案時間在一點十五分。那個德國女人希德加第・施米特是這樣說的，它也符合康士坦丁醫生的說法。

「第二種可能性是，做案時間還要晚些，所以那只懷錶所提供的證據是蓄意偽造的。

「第三種可能性是，做案時間還要早些，和上面所說的原因相同，為了偽造證據。

「現在，如果我們認為第一種可能性最接近事實，而支持這種可能性的證據也最多，那麼我們必須同時接受由其推論出的一些事。首先，如果做案時間是一點十五分，那麼兇手是不可能逃離這列火車的。於是問題就來了：他在什麼地方？他是誰？

「先讓我們仔細地檢查一下證據。關於這個人，這個皮膚黝黑、嗓音像女人的矮個兒，我們最初是從哈德曼那裏聽來的。他說雷契特對他講起了那個人，並且雇用他來提防那個人。關於這一點，我們只有哈德曼的證詞，此外並無證據支持這一說法。接下來就讓我們檢查一下，哈德曼究竟是不是他自稱的那個人——一家紐約偵探事務所的私家偵探？

「據我的想法，這件案子的有趣之處在於，警察當局所擁有的資源，我們一樣也沒有。在這些人之中，任何人的真實底細我們都無法調查。我們所能依據的僅僅是推論。這對我來說倒是使事情加倍有趣了——無法靠例行的調查，一切要憑腦子思考。我問我自己：『我們可以相信哈德曼敘述的經歷嗎？』我做出了決定，答案是『可以』。我的主張是，我們可以相信哈德曼敘述的經歷。」

「你是憑直覺，也就是美國人所說的預感，是嗎？」康士坦丁醫生說。

「完全不是。我是看可能性大小。如果哈德曼帶著假護照旅行，這會使他成為懷疑的目標。如果警察來到現場，他們首先就會把哈德曼扣留起來，同時發電報查詢他所敘述的個人經歷是否屬實。在涉及眾多乘客的情況下，要確認各人的底細是很困難的；大多數時候，很可能根本不會查，尤其是當他們看來並無可疑之處的時候。可是哈德曼的情況卻很好查。要嘛他正是他自己所描繪的那樣，要嘛他不是。所以我說哈德曼說的必然是事實。」

「你不再對他存有懷疑嗎？已經排除他涉案的可能？」

「我沒有這麼說，你誤會我的意思了。即使是一位美國偵探也可能有殺死雷契特的理由。不，我說的是，我認為我們可以相信哈德曼的自述。再說，他說雷契特找上他並雇用他，這並不是不可能的，而且很可能是事實——雖然內情未必符實。如果我們打算相信它是事實，我們就必須看看有什麼東西可以證實他的說法。希德加第‧施米特的證詞可以證實這點，這倒有些出乎意料之外。她指出的那個身穿臥車公司制服的人，和哈德曼的描述完全吻合。這兩人的說法還有沒有其他旁證呢？有的，譬如赫伯德太太在她房裏發現的那顆鈕釦，而且還有其他說法可以證實這一點，你們可能沒注意到。」

「是什麼？」

「阿布思諾上校和赫克特‧麥奎恩都曾提到，有兩個管理員經過他們房間。他們兩人都不很重視這件事，可是先生們，皮耶‧米歇爾說，除了他已詳細說明的那幾次之外，他沒有離開過他的座位，而那幾次離開，也沒有一次經過車廂另一頭——阿布思諾和麥奎恩所住的房間。

「因此這種說法——有個穿著臥車公司制服、聲音像女人、皮膚黝黑的矮個子——已有四名證人能夠直接或間接的證明。」

「一個小問題，」康士坦丁醫生說，「如果希德加第的說法屬實，為什麼那個真的管理員沒有提到他去應答赫伯德太太的鈴聲時曾見到她呢？」

「這一點我可以解釋。當他去應答赫伯德太太的鈴聲時，那女僕正在她女主人的房間裏。當她回去自己房間之後，管理員才到赫伯德太太的房間。」

布克先生不耐煩地等他說完。

「是啊，是啊，我的朋友。」他急忙對白羅說，「儘管我佩服你的細心和穩紮穩打的方法，可是我認為你還沒有觸及要點。我們都同意這個人是存在的。問題是，他到哪裏去了？」

白羅不以為然地搖搖頭。

「你弄錯了，你有點兒本末倒置。我在問『這個人到哪兒去了』之前，先要問自己『這個人究竟存不存在？』因為，你知道，假如這個人是捏造出來的，是虛構的，那麼，要使他消失不是很容易嗎？所以我想要先確定是否真有這麼一個人。」

「在肯定這麼一個人是存在的之後……好吧，他現在在什麼地方呢？」

「這個問題只有兩個答案，朋友。要嘛他仍然躲在火車上，躲在一個極其特別的地方，我們想都沒想到；要不然他就是——可以這麼說——兩個身份。也就是說，他既是雷契特所害怕的那個人，又是車上的一位乘客，只是化裝得很巧妙，連雷契特也沒有認出他來。」

「這也是一種可能，」布克先生說，他的臉色頓時開朗，可是隨即又沉下來了，「不過有一個漏洞——」

白羅接過他的話說：

「就是那個人的身高。你是想說這一點吧？所有的乘客，除了雷契特先生的男僕之外，身材都相當高大。那個義大利人、阿布思諾上校、赫克特•麥奎恩、安雷尼伯爵都是。剩下的只有那個男僕了，但這種可能性不大。不過還有另一種可能。別忘了，還有『像女人一樣的聲音』。這使我們有另一種選擇。也許是那個人化裝成女人，要不就是那個人本來就是個女人。高個兒的女人穿了男人的衣服也會顯得矮小的。」

「那雷契特早該知道——」

「或許他已經知道。或許這個女人已經企圖謀害過他，穿著男人的衣服更容易達到目的。雷契特可能已經猜到她還會耍這套詭計，所以他告訴哈德曼注意提防一個男人，不過也提到了『像女人的聲音』這個特徵。」

「這是一種可能。」布克先生說：「不過——」

「聽著，我的朋友，我想我現在該告訴你，康士坦丁醫生提出的某些矛盾之處。」

他把他和醫生從死者傷口上獲得的結論詳細說了一遍。布克先生低哼了一聲，又扶住了頭。

「我知道。」白羅深表同情地說，「我完全知道你的感覺。頭又開始疼了，是不是？」

「整件事情簡直是荒唐透頂！」布克先生喊道。

「完全正確。荒唐之至、簡直不可能、不可能是這樣的——我自己也這樣覺得。可是，我的朋友，事實就是這樣！我們無法逃避事實呀！」

「真是瘋狂！」

「可不是嗎，我的朋友？如此難以理解，以致我有種感覺，覺得這案子實際上一定很簡單。不過那只是我一個『小小的靈感』……」

「兩個兇手。」布克先生咬牙切齒地說，「而且就在東方快車上。」

這個想法幾乎要使他哭出來了。

「現在我們來使這件荒唐事更加荒唐吧。」白羅輕鬆地說，「昨晚在車上有兩個神秘的陌生人。一個是臥車管理員，他的模樣，哈德曼先生已經向我們描述過了，希德加第・施米特、阿布思諾上校和麥奎恩先生也看過這個人。另一個神秘客是個身穿緋紅色便袍的女人，一名身材修長、體態輕盈的女人，皮耶・米歇爾、德本漢小姐、麥奎恩先生和我本人都看見過她，阿布思諾上校則可說是聞過她的香味！她是誰？沒有一個人承認自己有一件緋紅色的便袍。這個女人不見了。她和那個冒牌臥車管理員是同一個人嗎？或者，真有這麼一個人？這兩個人現在在哪裏？順便再問一句，那件臥車公司的制服和那件緋紅色的便袍，在什麼地方？」

「啊！這倒是可以確定的事情。」布克先生急切地跳起身來，「我們必須檢查所有乘客的行李。沒錯，一定會有結果。」

白羅也站了起來。

「我可以先做個預測。」他說。

「你知道它們在什麼地方嗎？」

「我有一點想法。」

「那麼，在什麼地方？」

「你會在一名男乘客的行李中找到那件緋紅色的便袍，並在希德加第・施米特的行李中找到一套臥車管理員的制服。」

「希德加第・施米特？你認為——」

「不是你所想的那樣。我這麼說吧，如果希德加第・施米特有罪，那套制服就『有可能』在她行李中，可是如果她是無罪的話，那套制服就『一定』會在她行李中。」

「這怎麼會呢——」布克先生剛開口就停住了。

「這是什麼聲音？」他叫道，「好像是開動引擎的聲音。」

那聲音越來越大，是一個女人淒厲的喊叫聲和抗議聲。餐車廂的門打開了，衝進來的是赫伯德太太。

「嚇死人了，」她叫道，「真是嚇死人了！我的手提包裏，我的手提包裏……有一把好大的刀，上面全是血！」

突然，她往前一晃，昏了過去，重重地倒在布克先生身上。

14 兇器

布克先生靠著他的力氣（而非熱忱），將這位暈倒的女人安置好，把她的頭靠在桌子上。康士坦丁醫生召喚餐車廂的侍者，他馬上跑了過來。

「讓她的頭這樣平放著。」醫生說，「等她醒過來就給她一些白蘭地，明白嗎？」

接著他就匆匆地跟另外兩位一起走了。他的注意力已完全集中在這樁兇案上，昏厥的中年婦女絲毫引不起他的興趣。

很可能就是這種應變態度，才使赫伯德太太很快就甦醒過來了，要不然她大概不會醒得這麼快。幾分鐘之後，她就坐起來了，小口小口地喝著侍者送上的小杯白蘭地，又開口講話了。

「我簡直沒辦法說那有多嚇人了！我想任誰都無法體會。我從小就非常敏感，只要看到鮮血——哎呀，甚至到現在，只要一想起來就感到頭暈。」

侍者又把酒杯遞了過來。

「再喝一點兒吧，夫人。」

「你認為我最好再喝一點兒嗎？我這輩子都沒喝過酒。任何時候任何酒我都不碰，我一家子都不喝酒。但如果是為了醫療——」

她又啜了一口。

這時候白羅和布克先生連同緊跟在他們身後的康士坦丁醫生，都已匆匆走出了餐車廂，順著伊斯坦堡車廂的走道，走向赫伯德太太的房間。

似乎所有的乘客都聚集在她的房門外。滿面愁容的管理員正在勸他們回房。

「沒什麼好看的。」他用幾種語言重覆說著這句話。

「請讓我過去。」布克先生說。

他圓胖的身子從那些擋路的乘客身邊擠了過去，走進房間，白羅跟在他後面。

「您來到這兒真使我高興，先生。」管理員鬆了一口氣。

「所有的人都想要進來。那位美國太太發出那樣的尖叫聲——天哪！我真以為她也挨了一刀呢！我跑過來，見她像個瘋子那樣尖叫著，而且她大聲嚷嚷說一定要找到你，接著就走了，一面還扯直了嗓門發出刺耳的叫聲，而且每走過一個房間就告訴房裏的人發生了什麼事。」他還做了個手勢，加了一句：「它就在那兒，先生，我沒碰它。」

在通往鄰室的隔門門把上，掛著一只大型的花格手提包。手提包下方的地板上——也就是它從赫伯德太太手中掉落下來的地方，則是一把直刃匕首。看得出是那種便宜貨，東方的贗品，刀柄上刻有浮雕，刀刃越近尖部越窄，上面的斑斑血跡像鐵鏽。

白羅小心地撿了起來。

「沒錯，」他低聲說，「絲毫不差。這正是我們要尋找的兇器吧，醫生？」

醫生仔細地察看那把刀。

「用不著這麼仔細。」白羅說，「上面除了赫伯德太太的指紋之外，不會有別的指紋了。」

康士坦丁只檢查了一會兒就說：

「這就是兇器。所有的刀傷都是用這把刀戳的。」

「我的朋友，我懇求你別這麼說。」醫生露出驚訝的神色。白羅繼續說：「我們已經被種種巧合壓得喘不過氣來。先說，已知昨夜有兩個人都決心戳死雷契特先生。現在又發現他們還都選用同樣的兇器，這未免巧合得過頭了吧？」

「這似乎談不上什麼巧合。」醫生說，「運到君士坦丁堡市場的這種便宜貨，有成千上萬把呢！」

「這使我得到了一點兒安慰，可是只是一點兒。」白羅說。

他若有所思地注視著他面前的那扇門，接著，他拎開了那只手提包，扭了一下門把。那扇門文風不動。門把上面約一呎之處裝著門栓。白羅拿出門栓再試一下，那扇門仍然不動。

「我們在另一邊把門栓上了，你還記得嗎？」醫生說。

「對了。」白羅茫然回答。

他似乎在想其他的事。他雙眉緊蹙，一副困惑不解的模樣。

「這就對了，不是嗎？」布克先生說，「那個人從赫伯德太太的房間出來。當他關上這扇門時，摸到了手提包。他靈機一動，就把那把沾有血跡的匕首塞進手提包。他並未料到他已把赫伯德太太驚醒，於是他又從另一扇門悄悄地溜到了走道上。」

「照你的說法，」白羅喃喃地說，「事情的經過一定就是這樣了。」

可是他臉上的困惑神情並未消除。

「你還懷疑什麼？」布克先生問，「你認為還有什麼情況沒有得到解答嗎？」

白羅瞥了他一眼。

「難道你沒有發現一個問題嗎？是啊，你顯然沒有發現。嗯，那只是個小問題。」

管理員朝房裏看了一眼。

「那位美國女士回來了。」

康士坦丁醫生一副愧咎的樣子，他覺得他剛剛對赫伯德太太相當失禮。可是她並沒有責備他，她的精力正集中在另一件事上面。

「我正想說一件事。」她一到房門口就氣呼呼地說，「我不打算再住這個房間了。今天晚上，即使你們給我一百萬，我也不願再睡在這裏了。」

「可是，太太——」

「我知道你要說什麼，我現在就跟你講清楚。我絕對不住！哼！我寧可通宵都坐在走道上。」她哭起來。「噢！要是我的女兒知道了，要是她現在看到我，哎呀——」

白羅沉著地打斷了她的話。

「您誤會了，太太，您的要求是極其合理的。我們馬上把您的行李搬到另一個房間。」

赫伯德太太放下了她的手絹。

「這樣嗎？啊，我好過一些了。不過，車廂都客滿了，除非哪一位先生——」

布克先生說話了。

「太太，我們會把您的行李搬出這節車廂。您將住到隔壁那節在貝爾格萊德掛上的車廂。」

「哎喲，那好極了。我並不是個神經過敏的女人，只是，睡在一個隔壁就躺著死人的房間裏（她打了個寒顫），真會使我發瘋。」

「米歇爾，」布克先生叫道，「把這些行李搬到雅典—巴黎那節車廂的空房裏。」

「遵命，先生。搬到和這間同一號碼的三號房嗎？」

「不。」白羅搶先回答，「我認為讓這位太太搬到一間完全不同號碼的房間去比較好，譬如說，十二號房。」

「好，先生。」

管理員提起了行李。赫伯德太太深表感激地對白羅說：

「多蒙你盛情關照。我很感激，真的。」

「不必客氣，太太。我們跟您一起過去，以確保您得到妥善的安置。」

赫伯德太太在三個男人的陪伴下來到了她的新房間。她高興地環顧四周。

「這裏很好。」

「合適嗎，太太？您看，這個房間和您原先住的那間一模一樣。」

「沒錯，只是方向相反。不過沒關係，因為火車一會兒朝這頭開，一會兒又朝那頭開。我對我女兒說過：『我要住順向的包廂，』而她卻說：『嘿，媽媽，那沒用，要是你上床的時候是朝這一頭開，等你睡醒的時候火車又朝那一頭開了。』她說的沒錯。哦，昨天晚上我們到達貝爾格萊德時是朝這一頭開，可是離開時卻是朝另一頭開了。」

「不管怎樣，太太，現在您高興了，滿意了吧？」

「這個，不，我還不能這樣說。現在我們陷入雪堆中，誰也想不出辦法，而後天我的船就要開走了。」

「太太，」布克先生說，「我們都一樣，我們每一個人都是。」

「這，這倒是真的。」赫伯德太太承認，「可是別人的房間沒有殺人兇手進去過。」

「我還有一點想不通，太太，」白羅說，「如果通往鄰室的那扇門是像您說的那樣栓住的話，那個人是怎麼進您房間的呢？您確定那扇門是栓上的嗎？」

「這個嘛，那位瑞典女士當著我的面栓上的。」

「讓我們來模擬一次當時的情景。您是躺在床上……像這樣……那麼您自己是看不到門栓的，是嗎？」

「是的，因為讓手提包擋住了。哎呀，我還得買一隻新的手提包。看到這一只提包我就感到噁心。」

白羅拎起了那只手提包，掛在通向鄰室那扇門的門把上。

「沒錯，原來如此，」他說，「門栓剛好在門把手上面，手提包把門栓擋住了，您從床上是看不到門栓插上沒有。」

「唉，我就是這麼說的呀！」

「而那位瑞典女士，奧爾森小姐，則是這樣站在您和隔門之間。她插上門栓後，告訴您已經插上了。」

「就是這樣。」

「看起來毫無區別呢，太太，她可能搞錯了。您懂我的意思嗎？」白羅急著解釋，「門栓只是一段凸出來的金屬，往右邊一推，就給插上了，往左推，就打開了。她可能只是推了一下門，由於門的那一邊插上了，所以推不開，她便以為她在這一邊已經插上了。」

「這個，我想她也太笨了。」

「太太，最仁慈、最和藹的人並不永遠是最聰明的人啊！」

「當然。」

「順便問一下，太太，您到史麥那旅行的時候也是坐火車去的嗎？」

「不，我是坐船直接到伊斯坦堡，是我女兒的一位朋友約翰森先生接待的，他真是個非常討人喜歡的人，我真想介紹你們認識。他還帶我遊覽了伊斯坦堡，這個城市真讓我失望，全倒塌了。至於那些清真寺和套在你鞋子上的那塊大……喲，我說到哪兒了？」

「您說到約翰森先生去接您。」

「對了，他還送我登上前往史麥那的法國郵船，我女婿就在那邊的碼頭等我。他要是聽說了我在這兒碰到的事，不知會怎麼說呢！我女兒還說這趟火車是最安全、最方便的呢！她說：『你只要安坐在自己的包廂裏，就會直達帕魯斯，到了那裏，美國運通公司會來接你。』可是，現在，我有什麼辦法退掉我的船票呢？我應該讓他們知道。可是看起來是毫無辦法了，真是太可怕了——」

赫伯德太太又一次顯出眼淚汪汪的樣子。

白羅本來已經有些不耐煩，這時就把握機會。

「您受驚了，太太。應該叫侍者給您送一些茶和餅乾來。」

「我沒那麼愛喝茶。」赫伯德太太含淚說道，「那是英國人的習慣。」

「那就喝咖啡吧，太太，您需要一些興奮劑。」

「那杯白蘭地使我有點醉。我想我就喝一些咖啡吧。」

「好極了，您必須重新打起精神來。」

「哎呀，這話說得多麼滑稽。」

「可是首先，太太，我們要辦一些例行公事。請允許我檢查您的行李好嗎？」

「為什麼？」

「我們將檢查全車旅客的行李。我並不想再向您提起那個不愉快的經驗——就是在您手提包內的東西，還記得吧？」

「哎呀！那你還是檢查一下好了！要是再發生這類的意外，我真的會受不了。」

檢查很快就結束了。赫伯德太太這次旅行所帶的行李是少得不能再少了——一個帽匣、一只劣質的皮箱，以及一個塞得鼓鼓的旅行袋。裏面的東西都簡單明確，只是赫伯德太太堅持要他們看一下「我的女兒」和兩個醜孩子的照片——「我女兒的孩子，淘氣吧？」——因此耽誤了些時間，要不然，檢查過程絕不會超過兩分鐘。

15 搜查乘客的行李

白羅在說過各種有禮貌的客氣話，並且答應替她叫侍者把咖啡送來之後，就和他的兩位朋友一起向赫伯德太太告辭了。

「好啊，我們已經開了頭，可是一無所獲。」布克先生說，「下一步我們該怎麼辦？」

「我想，最簡單的辦法是順著車廂一間一間搜，也就是說，先從第十六號鋪位，那位和藹的哈德曼先生那兒開始。」

正在抽雪茄的哈德曼先生和善地表示歡迎。

「進來吧，各位先生們，只要你們進得來。這裏人一多就顯得有點擠了。」

布克先生向他說明來訪的目的。這位大個兒偵探諒解地點點頭。

「沒有問題。說真的，我還在想你們怎麼不趕快做這件事呢。這是我的鑰匙，先生，如果你們要搜我的口袋，也請搜查好了。要我把旅行包取下來嗎？」

「管理員會取的。米歇爾！」

哈德曼先生的兩只旅行包很快就檢查完了。包裹裏帶的酒也超出規定許多。哈德曼先生眨了眨眼睛。

「他們在邊境上不常搜查旅行包，只要你把車廂管理員對付好就行了。我通常是馬上塞過去一疊土耳其鈔票，到現在還沒出過問題。」

「那麼到了巴黎呢？」

哈德曼先生又眨了眨眼。

「等我到巴黎的時候，」他說，「喝剩的一點兒就倒在寫有『洗髮水』字樣的瓶子裏。」

「你是不理會禁酒令的吧，哈德曼先生。」布克先生微笑著說。

「這個，」哈德曼說，「禁酒令還從來沒困擾過我呢。」

「啊！」布克先生說，「簡直是個地—下—酒—吧。」他緩緩吐出這個詞，像是在品嚐每一個字。

「你用的字眼挺古怪，挺生動的。」他說。

「我還真想到美國去走走。」白羅說。

「在美國你會學到一些進步的方法。」哈德曼說，「歐洲需要覺醒，她現在是半睡眠狀態。」

「美國的確是個進步的國家。」白羅表示同意，「美國人也有很多地方令人欽佩。

只是，也許是我太古板，我發覺美國女人不如我家鄉的女人迷人，法國女人或比利時女人妖豔、嬌媚，無人匹敵。」

哈德曼轉頭看了一會兒窗外的雪景。

「也許你是對的，白羅先生，」他說，「不過也可能是每個民族對本族的女人仍是最為偏愛。」

他眨著眼睛，彷彿有些刺眼。

「有些刺眼，是嗎？」他說，「我說，各位先生，這件事可使人傷透腦筋了。又是兇殺案，又是大雪的，什麼辦法也沒有。只是悠悠蕩蕩消磨時光。我真想跟什麼人找點什麼事做做。」

「真正西方的好動精神。」白羅微笑著說。

管理員把旅行包又放回原處，他們又繼續向前，到下一間包廂去。阿布思諾上校正坐在角落抽著煙斗看雜誌。

白羅說明來意，上校並未表示異議。他帶了兩隻沉重的皮箱。

「我其餘的裝備都交付海運了。」他解釋。

上校像大多數軍人一樣，行李裝得整整齊齊。檢查他的皮箱只花了幾分鐘。白羅注意到了一盒煙斗通條。

「你總是用同一種通條嗎？」他問。

「只要我能弄得到，一般都用這種。」

「哦！」白羅點點頭。

這種煙斗通條和他在死者房間撿到的完全一樣。

他們走出房間來到走道上。

「完全一樣。」白羅低聲道，「我簡直不能相信，這完全不符合他的個性。只要能弄清楚這一點，其他一切也就明白了。」

下一間包廂的門關著，那是卓戈米羅芙公主的房間。他們在門上敲了幾下，裏面傳來公主低沉的聲音：「進來。」

布克先生是發言人，他在解釋來意時顯得非常謙恭有禮。

公主一言不發地聽著，她那張蛤蟆樣的小臉毫無表情。

布克先生說完後，她平靜地說：

「如果有必要這樣做，那麼，各位先生，東西都在那兒。鑰匙在我女僕那裏，她會處理這些事的。」

「您的鑰匙一直由您的女僕保管嗎，夫人？」白羅問。

「當然，先生。」

「那麼，如果在夜裏，某一個邊境上的海關人員要求檢查某一件行李呢？」

那位老太太聳聳肩。

「這種事難得碰上。即使碰到，管理員會去叫她的。」

「這麼說，您對她絕對信任囉，夫人？」

「我已經告訴過你了，」公主平靜地回答，「不信任的人我是不會雇用的。」

「是啊，」白羅思索著說，「信任確實很重要。有一個可以信任、會管家的女僕，或許要比用一個時髦、像巴黎女郎那樣漂亮的人，要好得多。」

他看到她那副聰明、烏黑的眼睛慢慢轉著，最後盯著他看。

「這話是什麼意思，白羅先生？」

「沒什麼，夫人，我沒什麼意思。」

「有的。你是不是認為，我應該雇用一個漂亮的法國女子來伺候我梳妝？」

「這也許比較常見，夫人。」

她搖搖頭。

「施米特對我極為忠——實。」她把「忠實」二字拉得很長，「忠實，那是無價之寶。」

那個德國女僕把鑰匙拿過來了。公主用德語叫她把提箱打開，讓三位男士搜查。她自己站在車廂走道上，望著窗外的雪景，白羅陪著她，讓布克先生去檢查行李。

她冷笑著看了他一眼。

「怎麼，先生，你不想看看我的箱子裏有什麼東西嗎？」

他搖搖頭。

「不過是例行公事而已，夫人。」

「你真的這樣認為嗎？」

「就您的情況而言，是的。」

「可是我既認識索妮亞・阿姆斯壯，又很疼愛她啊！這下子你覺得怎麼樣？你覺得我不會不惜弄髒我的手而把卡賽第那樣的無賴殺掉嗎？好吧，也許你是對的。」

她沉默了一會兒，然後說：

「對於那樣的人，你知道我會用什麼辦法來對付他嗎？我會叫來我的佣人說：『把這個人活活打死，再把他扔到外面的垃圾堆去。』我小時候，人家就是這麼處理的，先生。」

白羅沒有說話，只是專心聽著。

她看著他，突然急躁起來。

「你什麼話也不說，白羅先生。你在想什麼？我真想知道。」

他目不轉睛地看著她。

「我在想，夫人，您的力量在於您的意志，而不在於您的胳臂。」

她低頭看著自己那副纖瘦、裹著黑色衣袖的胳臂，再往下便是乾黃、像爪子一樣的雙手，手指上戴著好幾枚戒指。

「沒錯，」她說，「我的手毫無力量，一點力量也沒有，我不知道該為此憂傷還是高興。」

接著她突然轉過頭去看她的房間，她的女僕正忙著收拾箱子。

公主打斷了布克先生的客套話。

「你用不著道歉，先生，」她說，「車上發生了兇殺案，不得不採取一些措施。就是這麼回事。」

「您真是太仁慈了，夫人。」

她微微仰頭，看著他們告別。

接下來的兩個房間，門都關著。布克先生停下腳步，搔搔頭。

「見鬼！」他說，「這事就難辦了。這兩位使用的是外交護照，他們的行李是免受檢查的。」

「那是對海關而言。對一件兇殺案來講，就不一樣了。」

「這我知道。可是都一樣，我們不想惹麻煩——」

「不要自尋煩惱，我的朋友。伯爵和伯爵夫人是講道理的人。你看卓戈米羅芙公主對這件事表現得多麼通情達理。」

「她真是一位了不起的婦女。這兩位也具有同樣的身份，可是那位伯爵看來是一個不大隨和的人。在你堅持要盤問伯爵夫人時，他很不高興。現在這件事會使他更惱火。

我們……呃，把他們略過去吧。反正，他們和這件案子不會有什麼牽連的，我們何必去招惹無謂的麻煩呢？」

「我的看法跟你不一樣。」白羅說，「我確信安雷尼伯爵會講道理的。不管怎樣，我們還是試一試吧。」

布克先生還沒答話，白羅就用力敲了十三號房門。房裏傳來一聲：「進來。」

伯爵正坐在近門的角落裏看報紙。伯爵夫人則在對角的窗邊蜷曲著身子。她的頭下面枕著一只枕頭，看來她剛睡過。

「請原諒，伯爵先生。」白羅開口說道，「請原諒我們打擾。我們正在對車上所有的行李進行檢查。都不過是例行公事，可是非這樣做不可。布克先生說，由於你們有外交護照，你們可以不接受檢查。」

伯爵考慮了一會兒。

「謝謝你們。」他說，「不過我並不想破壞規矩。我寧願像其他乘客一樣讓你們檢查行李。」

他轉過頭問他的妻子。

「我想你不反對吧，艾琳娜？」

「一點也不。」伯爵夫人毫不猶豫地說。

接著便進行了迅速而多少有些馬虎的檢查。白羅似乎是想掩飾尷尬的氣氛，不時說些沒有意義的話，譬如，當他拎下一只上面燙著姓名縮寫的藍色軟皮盒和一頂冠狀頭飾時，他說：「你箱子上的這一張標籤全濕了，夫人。」

伯爵夫人並未搭理他。看樣子她確實對這一套做法很不耐，所以她仍然蜷身在角落裏，茫然地看著窗外，讓三位男士在她隔壁的房間搜查她的行李。

白羅在檢查快結束時，把洗臉台上的小櫃子打開，往裏面一瞄，只見其中有一塊海綿、雪花膏、香粉和一只小瓶子，上面標著「安眠藥」字樣。

然後雙方各說了一些客套話，他們一行人便走出房間。

下面依序是赫伯德太太的房間、死者的房間、白羅自己的房間。

他們再往下來到了二等包廂。第一間是十號和十一號鋪位，分別住著瑪麗・德本漢和葛蕾塔・奧爾森。他們進去時德本漢小姐正在看書，而原來正在酣睡的奧爾森小姐則立刻被他們驚醒了。

白羅重述了一遍來意。瑞典女士似乎顯得不安，瑪麗・德本漢則無動於衷。

白羅對瑞典女士說：

「如果你允許的話，小姐，我們想先檢查你的行李，然後請你到美國太太那裏去看看她現在怎樣了。我們已請她搬到隔壁一節車廂去了。可是由於發現了那樣東西，她的情緒依舊不安。我已經讓侍者給她送咖啡去，不過我覺得她是那種最最需要有人跟她講話的人。」

這位善良的女士馬上產生了同情心，她答應馬上過去。那位可憐的太太已因這次旅行和遠離自己的女兒而心煩意亂了，又加上這件事，她的神經一定受到極大的刺激。是啊，她當然得馬上去；她的箱子並沒有上鎖，她還得帶去一些氯化銨。

她急匆匆地走了。她的行李很快就檢查完畢，裏面的東西簡單到極點。她顯然還沒有注意到她帽盒裏的鐵絲不見了。

德本漢小姐放下了書，注視著白羅。當他問到她時，她把鑰匙交給了他。然後，當他拎下一隻箱子把它打開時，她說：

「你為什麼要把她支走，白羅先生？」

「我嗎，小姐？這……去照顧那位美國太太啊。」

「真是個好藉口，但依然是個藉口。」

「我明白你的意思，小姐。」

「我想你非常明白。」她笑了笑。「你是想留我一個人在這兒，是不是？」

「我沒這麼說，小姐。」

「也沒這麼想嗎？我不認為。你就是這麼想。這話沒有錯吧？」

「小姐，我們有一句成語——」

「『做賊心虛』。你想說的是這句話嗎？你該明白，我還有一定的觀察力和常識。不知道你憑什麼認定我對這件噁心的事有所了解？被殺害的這個人我從未見過。」

「那是你自己的想像，小姐。」

「不，不是我的想像。不過我認為，不說真話、不把事情直截了當地說出來，而只是旁敲側擊，簡直是浪費時間。」

「原來你不喜歡浪費時間，你喜歡直截了當，喜歡直話直說。好吧，我就直話直說。我在從敘利亞一路過來的旅途中，偶然聽到了幾個字眼。我想問問你這幾個字眼的含義。在科尼亞車站時，我曾走下火車，像英國人所說的那樣『伸伸腿』。在茫茫夜色中，小姐，我聽到了你和上校的聲音。你對他說：『別在這會兒說，別在這會兒說。等這件事結束，等一切都過去之後……』你這些話是什麼意思，小姐？」

她非常冷靜地說：

「你以為我指的是這起謀殺嗎？」

「現在是我在問你，小姐。」

她歎了一口氣，茫然出了一會兒神。然後，像是要振奮自己似的，她說：

「那些話是有意義的，先生，不過我不能告訴你。我只能以我的名譽向你保證，雷契特這個人，我從來沒有見過他。」

「那麼你拒絕說明那些話的意思嗎？」

「如果你要那麼說，是的，我拒絕。那些話與我原來擔負的一項任務有關。」

「這項任務現在已經結束了嗎？」

「你這話什麼意思？」

「任務已經結束了，是不是？」

「你為什麼這麼認為？」

「聽我說，小姐，我還得提另一件事。在我們即將抵達伊斯坦堡的那一天，火車誤了點。你當時非常著急，小姐，你是相當冷靜、頗能自制的人，但是你失去了那種冷靜。」

「我不希望換車被耽誤了。」

「你是這樣說，可是，小姐，每天都有東方快車從伊斯坦堡開出，即使你錯過一次換車機會，也不過耽誤你二十四小時而已。」

德本漢小姐臉上第一次露出了怒氣。

「你似乎並不知道，我們可能有朋友在倫敦接應，而且耽誤一天就會打亂各種安排，造成一大堆麻煩。」

「啊，是那樣嗎？有朋友在等著你嗎？你怕替他們造成不便嗎？」

「那當然。」

「那就奇怪了。」

「奇怪什麼？」

「這次我們又耽擱下來了，而這次耽擱比上次更嚴重，甚至無法給朋友打一份電報或者通一次長——長什麼——」

「長途？你是指電話吧。」

「啊，是啊，就是你們英國人所說的『跑得滿多—考爾』（美國人稱長途電話為「春克—考爾」〔Trunk call〕，其中「春克」一詞亦可做「衣箱」解。白羅把「春克」誤做「跑得滿多」〔portemanteau〕，此詞來自法語，亦為「衣箱」之意）。」

瑪麗・德本漢禁不住笑出來。

「那叫『春克—考爾』，」她糾正他，「是的，正如你所說的，眼前無法取得任何聯繫，既不能打電報又不能通電話，真是急死人了。」

「然而，小姐，這次你的態度不大一樣。你不再著急，你很冷靜，也很豁達。」

瑪麗・德本漢臉上微泛紅暈，咬著嘴唇。她不再覺得好笑了。

「你不回答我嗎，小姐？」

「對不起，我不知道這有什麼好回答的。」

「解釋一下你改變態度的原因，小姐。」

「你不認為你這樣有點無中生有嗎，白羅先生？」

白羅兩手一攤，一副抱歉的樣子。

「也許我們當偵探的都有這個毛病。我們希望人們的行為始終如一，我們對人的情緒變化是不會忽略的。」

瑪麗・德本漢沒有答話。

「你跟阿布思諾上校很熟嗎，小姐？」

他猜想，改變話題可以消除她一些緊張情緒。

「我是在這次旅途中和他相識的。」

「你有沒有什麼理由認為，他可能認識雷契特這個人？」

她斷然搖頭。

「我可以確定他並不認識雷契特。」

「為什麼你敢這樣確定呢？」

「根據他說話的樣子。」

「可是，小姐，我們在死者的房間裏發現了一根煙斗通條。而阿布思諾上校是這列火車上唯一抽煙斗的人。」

他仔細地觀察她，可是她既不顯得驚訝又不流露感情，僅僅說道：

「瞎扯，簡直荒唐。阿布思諾上校是世界上最不可能與犯罪——特別是這種離奇的案子——有牽連的人。」

這恰恰是白羅的想法，以致他幾乎要對她的看法表示贊同了。可是他卻說：

「我必須提醒你的是，你還不太了解他，小姐。」

她聳了聳肩。

「這類人物我了解夠多的了。」

他十分溫和地說：

「你仍然拒絕告訴我那句『等到一切都過去』的意思嗎？」

她冷冷地說：

「我沒話好說。」

「那也沒關係。」赫丘勒・白羅說，「我會查明白的。」

他鞠了躬，走出房間，順手拉上房門。

「這樣做是否明智，我的朋友？」布克先生問，「你使她有了警覺，因而也使上校有了警覺。」

「我的朋友，如果你想逮住兔子，就得把一隻雪貂放進洞裏；要是兔子在裏面，牠就會逃跑。我的用意就在此。」

他們走進了希德加第・施米特的房間。

那個女人已經站在那裏等著，她的表情恭敬而冷漠。

白羅迅速地朝她座位上那只小箱子裏的東西瞥了一眼，然後示意管理員把另一只較大的提箱從行李架上取下來。

「鑰匙呢？」他問。

「沒有上鎖，先生。」

白羅按開了搭鈕，揭起了箱蓋。

「啊哈！」他叫了一聲，轉向布克先生說，「你還記得我說的話嗎？你看看！」

最上層是一套匆忙折疊起來的棕色臥車公司制服。

那個德國女人大驚失色。

「哎呀！」她叫道，「那不是我的東西。不是我放在箱子裏的。自從離開伊斯坦堡以來，我就沒有打開過這只箱子。真的，真的是這樣，我說的是真話。」

她用懇求的目光看看白羅，又看看布克先生。白羅溫和地扶著她的胳臂安慰她：

「好，好，沒有什麼事，我們相信你，不要激動。我相信你沒有把這套制服藏在箱子裏，就像我相信你是個好廚師一樣，明白嗎？你是個好廚師，不是嗎？」

她感到莫名其妙，不覺笑了笑。

「是的，是那樣，我所有的女主人都這樣說過，我——」

她停住了，她張著嘴，又露出驚恐的神色。

「別怕，別怕。」白羅說，「我向你保證不會有事。讓我告訴你是怎麼一回事吧。這個人，就是身穿臥車公司制服的那個人，從死者房間出來，他撞上了你。得算他運氣不佳，他原不希望被人看見。下一步怎麼辦？他必須把這套制服扔掉，因為這時候這套制服不僅保不了安全，反倒會帶來危險。」

他的目光掃向布克先生和康士坦丁醫生，他倆都聚精會神地聽著。

「車外一片大雪。大雪打亂了他的計劃。他把這套制服藏到哪裏去好呢？沒有一間房間是空的，都有人住。也不盡然，他走過一間房間，看見門開著，裏面沒有人。那一定是他剛才撞上的那個女人的房間。他溜了進去，脫下制服，匆匆塞進了行李架上的那只箱子裏。他想暫時還不會被人發現。」

「接下來怎麼樣？」布克先生說。

「那我們還得研究研究。」白羅說，同時使了一個告誡的眼色。

他拿起那件制服，從上面數下來的第三顆鈕釦掉了。白羅把手伸進那件衣服的口袋，拿出一把一般管理員用的萬能鑰匙，那把萬能鑰匙可以打開所有包廂的門。

「這就說明了那個人為何能穿過鎖著的門。」布克先生說，「你剛才向赫伯德太太提的問題是沒必要的。不管是否上了鎖，那個人都能輕而易舉地穿過那扇隔門。是呀，既然他能夠弄到臥車公司的制服，當然也弄得到臥車包廂的鑰匙了。」

「的確，當然弄得到。」白羅說。

「我們早該料到這一點。你可記得米歇爾說過，他到赫伯德太太的房間時，她的房門是鎖著的。」

「正是這樣，先生。」管理員說，「所以我才認為那位太太在做夢。」

「但現在，問題很簡單了。」布克先生接著說，「那個人也想把那扇隔門鎖上的，但是或許他聽到了床上有動靜，因而慌了起來。」

「現在我們只需找到那件緋紅色的便袍就行了。」白羅說。

「對，最後這兩個房間住的都是男客人。」

「我們也要照樣搜查。」

「啊！一定要查的。而且，我還記得你說過的話。」

赫克特・麥奎恩表示樂於接受搜查。

「我倒寧願你們來查。」他說著露出了一副苦笑，「我覺得自己一定是全車嫌疑最重的人。你們只要能找到一份遺囑，證明那老頭兒把全部財產都留給我，那就差不多可以定案了。」

布克先生向他投以猜疑的目光。

「只是開玩笑。」麥奎恩趕忙說，「他一分錢也不會留給我的。我不過是工具——他的翻譯什麼的。要知道，如果你除了標準的美國話之外其他語言都不會說，你就很容易敗在別人手上。我不是語言學家，可是我會簡單的法語、德語和義大利語。」

他的嗓門比平常高一些。彷彿對這場搜查感到不安，儘管他表示樂於接受。

白羅出來了。

「什麼也沒有，」他說，「甚至能沾上點邊的遺贈物都沒有！」

麥奎恩歎了口氣。

「啊，解除了我的心理負擔了。」他詼諧地說。

他們往前走到最後一間包廂，對大個子義大利人和那男僕的行李進行檢查，結果仍是一無所獲。三個人站在車廂尾端面面相覷。

「再來怎麼辦？」布克先生問。

「回餐車廂去。」白羅說，「現在我們已經知道了所能知道的一切。我們聽取了乘客們的證詞，從他們的行李裏找到了證物，並親眼看到了證物。我們已得到許多的幫助。現在該是我們運用頭腦來思考的時候了。」

他伸手到口袋裏去掏煙盒，裏面是空的。

「我去一會兒就來。」他說，「我需要香煙。這件案子非常棘手，非常古怪。那件緋紅色便袍是誰穿的？現在又在哪兒？我真希望知道。這件案子裏有某件事、某個關鍵我還沒想到！案情複雜是由於有人故意要使它複雜。不過，我們還得研究。恕我離開一會兒。」

他沿著車廂走道匆匆回到自己房間。他記得他的一只皮箱裏有幾盒香煙。

他把皮箱從行李架取下，按開了搭釦。

接著，他不禁倒退了一步，兩眼發愣。

箱子最上層放著一件折得整整齊齊的緋紅色薄綢便袍，上面還繡著幾條龍。

「這樣啊，」他喃喃自語，「居然來這麼一招，向我挑戰。很好，我應戰！」

第三部　赫丘勒・白羅靜坐思考

1 兇手是誰

白羅走進餐車廂，布克先生正在和康士坦丁醫生談話。布克先生神情沮喪。

他見到白羅便說：

「來吧。」

他的朋友坐下時他又說：

「如果你能破得了這件案子，親愛的，我就相信世界上真有奇蹟！」

「這件案子使你心煩意亂了吧？」

「那當然，我簡直摸不著頭緒。」

「我也是。」醫生說。

他以好奇的目光看著白羅。

「老實說，」他說，「我真猜不出下一步你打算怎麼走。」

「猜不出嗎？」白羅一邊思索著說。

他掏出香煙盒，點燃了一支細細的香煙，瞇著雙眼。

「對我來說，這正是這案子最有意思的地方，」他說，「一切正常的辦案方法都行不通了。我們聽到的這些證詞是真話還是謊話，我們無法得知，除非我們自己能想出新的辦法來。這對我們的腦子是個考驗。」

「說得好呀！」布克先生說，「可是你有什麼可依據的呢？」

「我剛剛說過，我們聽取了乘客們的證詞，並且親眼看了證物。」

「乘客們的證詞——說得真好聽！這些證詞一點幫助也沒有。」

白羅搖搖頭。

「我不同意，我的朋友。乘客們的證詞有些相當有意思。」

「真的嗎？」布克先生十分懷疑，「我怎麼沒有發覺。」

「那是因為你沒有仔細聽。」

「好吧，告訴我，我漏了些什麼？」

「我只需舉一個例子。我們最先聽取的，是麥奎恩先生的證詞。在我看來，他說出了一句重要的話。」

「是關於信件的事嗎？」

「不是，不是關於信件。我印象中，他說的是：『我們到處旅行。雷契特先生想周遊世界，可是吃虧在不懂外語。我的工作與其說是秘書，不如說是跟班』。」

他看了看醫生，又看看布克先生。

「怎麼，你還沒有聽出來嗎？真是不可原諒！因為你剛才又碰上第二次機會。剛才他說：『如果你除了標準的美國話之外其他語言都不會說，你就很容易敗在別人手上』。」

「你是說——」布克先生依然迷惑不解。

「啊，你非要人家一個字一個字解說才能聽懂啊？好吧。他說雷契特先生不會說法語，可是，管理員昨天晚上去他房間時，房裏的人卻用法語告訴他：『沒事，我搞錯了』。況且，那人文法非常正確，絕不是一個只懂幾個法語單字的人講得出來的。」

「沒錯。」康士坦丁興奮地叫了起來，「我們真該想到這一點！我記得當你把那句話重覆給我們聽時，你是加重了語氣。現在我知道你為什麼不相信那只凹痕很深的金錶所顯示的死亡時間了。雷契特早在十二點三十七分時就死了——」

「那個答話的人正是兇手！」布克先生激動地插了話。

白羅舉起一隻手，表示異議。

「不要過早下結論，也不要沒有證據就亂猜一通。我認為，比較妥當的說法是：在十二點三十七分時，有一個人在雷契特的房間裏。而且那個人要嘛是法國人，要嘛就是能說流利的法語。」

「你真是非常謹慎，老朋友。」

「我們只能一步一步地前進，沒有證據能夠證明雷契特是在那個時間死的。」

「當時有一聲喊叫把你驚醒了。」

「是的，那是事實。」

「從某種程度來講。」布克先生若有所思地說，「這對案情並沒有重大影響。你聽到隔壁有人走動，那個人並不是雷契特而是另一個人，他毫無疑問是在擦掉手上的鮮血，清除犯罪的痕跡，燒掉會暴露線索的信件。然後他一直等到四周沒有聲響、他認為周圍環境已絕對安全可以通行無阻時，他就把雷契特的房門從裏面鎖上並搭上鏈條，然後打開了通往赫伯德太太房間的門，溜了過去。事實上這和我們所想像的完全一樣，只是被害時間要早了大約半個小時，而把錶撥到一點十五分是為了製造不在場的證明。」

「這並不是一個高明的不在場證明。」白羅說，「錶上的時針指著一點十五分，那正是那個人離開犯罪現場的時刻。」

「是啊！」布克先生有些不解，「那麼你看這只錶是什麼意思呢？」

「如果錶上的針被撥動過——我是說如果——那麼錶針所指的時間必定具有某種意義。一般人會推測：凡是能提出可靠證據，證明自己在一點十五分不在犯罪現場的人，都有嫌疑。」

「沒錯，沒錯。」醫生說，「說得有理。」

「我們還必須稍微注意一下那個人進入房間的時間。他什麼時候能有機會呢？除非我們假定那位真正的管理員是共犯，不然的話，那人只有一個機會——就是火車停在文科威的時候。火車離開文科威之後，管理員坐的地方正對著車廂走道，而乘客很少會去注意一名身穿臥車公司制服的服務員。能夠發覺這名假管理員的，只有那位真正的管理員。可是當火車停在文科威的時候，管理員下車到月台上去了。這時那人就暢行無阻了。」

「那麼，根據我們前面的推理，那人必定是乘客之一。」布克先生說，「我們再回到前面來說吧。是乘客之中的哪一個呢？」

白羅露出了笑容。

「我已經開列了一張單子。」他說，「你如果看一看，或許會使你恢復一下記憶。」

醫生和布克先生一起仔細看著那張單子。上面的名單是按照訊問的順序寫的，字寫得很工整，頗下了一番功夫。

赫克特・麥奎恩——美國公民。六號鋪位。二等房間。

動機：可能出自和死者的關係？

不在場證明（自午夜至凌晨兩點）：午夜至一點三十分可由阿布思諾上校證明，一點十五分至兩點可由管理員證明。

不利的證據：無。

可疑的情況：無。

管理員皮耶・米歇爾——法國公民。

動機：無。

不在場證明（自午夜至凌晨兩點）：十二點三十七分白羅聽到雷契特房中發出說話聲，看到他在走道上。自一點至一點十六分則有其他兩名管理員做證。

不利的證據：無。

可疑的情況：找到的那一套制服是對他有利的因素，因為兇手似乎本想使他蒙受嫌疑。

愛德華・馬斯特曼——英國公民。四號鋪位。二等房間。

動機：可能出自和死者的關係，他是死者的男僕。

不在場證明（自午夜至凌晨兩點）：有安東尼奧・福卡雷利做證。

不利的證據或可疑的情況：無。但就身材而論，他是唯一能穿下那套臥車公司制服的人。不過，他不大可能會說流利的法語。

赫伯德太太——美國公民。三號鋪位。頭等房間。

動機：無。

不在場證明（自午夜至凌晨兩點）：無。

不利的證據或可疑的情況：關於她屋中有人進入的說法，已由哈德曼和施米特所證實。

葛蕾塔・奧爾森——瑞典公民。十號鋪位。二等房間。

動機：無。

不在場證明（自午夜至凌晨兩點）：可由瑪麗・德本漢證明。

附註：她是最後一個見到雷契特的人。

卓戈米羅芙公主——歸化的法國公民。十四號鋪位。頭等房間。

動機：與阿姆斯壯一家有深交，並為索妮亞・阿姆斯壯的教母。

不在場證明（自午夜至凌晨兩點）：有管理員及女僕做證。

不利的證據或可疑的情況：無。

安雷尼伯爵——匈牙利公民。持外交護照。十三號鋪位。頭等房間。

動機：無。

不在場證明（自午夜至凌晨兩點）：可由管理員證明——一點至一點十五分這段時間除外。

安雷尼伯爵夫人同上。十二號鋪位。

動機：無。

不在場證明（自午夜至凌晨兩點）：服用安眠藥後便睡覺。有其丈夫做證。她的櫃子上有安眠藥的藥瓶。

阿布思諾上校——英國公民。十五號鋪位。頭等房間。

動機：無。

不在場證明（自午夜至凌晨兩點）：同麥奎恩聊天至一點半。回到自己房間後就沒有離開過。由麥奎恩及管理員證實。

不利的證據或可疑的情況：煙斗通條。

賽勒斯．哈德曼——美國公民。十六號鋪位。二等房間。

動機：尚不了解。

不在場證明（自午夜至凌晨兩點）：並未離開房間。由麥奎恩和管理員證實。

不利的證據或可疑的情況：無。

安東尼奧•福卡雷利——美國公民（義大利裔）。五號鋪位。二等房間。

動機：尚不了解。

不在場證明（自午夜至凌晨兩點）：可由愛德華•馬斯特曼證明。

不利的證據或可疑的情況：無。然本案中的兇器或許可說合乎他的脾氣（參考布克先生的意見）。

瑪麗•德本漢——英國公民。十一號鋪位。二等房間。

動機：無。

不在場證明（自午夜至凌晨兩點）：可由葛蕾塔・奧爾森證明。

不利的證據或可疑的情況：白羅聽到的談話以及她拒絕對那次談話做出解釋。

希德加第・施米特——德國公民。八號鋪位。二等房間。

動機：無。

不在場證明（自午夜至凌晨兩點）：可由管理員和她的主人證明。在床上睡覺，約於十二點三十八分被管理員叫醒，然後到她主人房裏去。

附註：乘客們的證詞已經由管理員證實，即自午夜至凌晨一點（之後管理員到隔壁車廂去）以及自一點十五分至兩點，都沒有人進出過雷契特的房間。

「這張單子，你要知道，」白羅說，「只是對諸多證詞所做的摘要。這樣開列是為了看起來方便。」

布克先生做了個鬼臉，把單子還給他。

「這並不能給我什麼啟發。」他說。

「也許另外這一張會更對你的胃口。」

白羅微微一笑，把第二張單子遞給了他。

2 十個問題

第二張單子上寫著：

需要解釋的事情——

1. 那條上面繡著H字母的手絹是誰的？
2. 那根煙斗通條，是阿布思諾上校掉落的，還是別人掉落的呢？
3. 那件緋紅色便袍是誰穿的？
4. 化裝成臥車管理員的那個人究竟是誰？
5. 錶上的針為何指著一點十五分？
6. 兇手是在一點十五分下手的嗎？
7. 還是早於一點十五分？
8. 或是晚於一點十五分？
9. 我們能否斷言殺死雷契特的人不只一個？

10.對雷契特身上的傷口還能有什麼解釋？

「好吧，讓我們來看看能夠做些什麼！」布克先生對挑戰這些問題頗有興致，「從手絹開始。我們一定要有條有理地進行。」

「這是一定的。」白羅說，滿意地點點頭。

布克先生像在上課似的說：

「那個縮寫字母H，與三個人有關聯：赫伯德太太、德本漢小姐——她的中名叫赫邁奧妮，以及那個女僕希德加第・施米特。」

「哦，那是哪一位呢？」

「那很難說。但是我想我該投德本漢小姐一票。她很可能習慣用中名而不用首名，而且我們還有一些對她不利的證據。你聽到的那幾句話，朋友，當然不大尋常，而她拒絕解釋箇中原由，就更令人懷疑了。」

「要我說，我就投那美國太太的票。」康士坦丁醫生說，「那是一條非常昂貴的手絹，而眾所周知，美國人是不在乎多花錢的。」

「那麼你們二位都排除掉那個女僕了？」白羅問。

「是的。正如她所說的，那樣的手絹是只有上流社會的人才會用。」

「那麼來看第二個問題——煙斗通條。是阿布思諾上校掉落的呢，還是別人掉落的呢?」

「這比較困難。英國人不愛動刀子,這一點你說得對。我的看法傾向於是另一個人掉的,目的是陷害那位長腿的英國人。」

「正如你所說的,白羅先生,」醫生插話說,「若兩個線索都出於疏忽,未免太奇怪了。我同意布克先生的看法。那塊手絹是真正由於疏忽,因此才無人認領。而煙斗通條則是故佈疑陣。這可以由阿布思諾上校毫不遲疑地承認自己吸的是煙斗、用的是那種通條,而得到證明。」

「這個推理不錯。」白羅說。

「第三個問題——那件緋紅色便袍是誰穿的?」布克先生接著說,「這一點我得承認自己毫無頭緒。你對這個問題有什麼看法嗎,康士坦丁醫生?」

「沒有。」

「那麼在這個問題上我們只能認輸了。下一個問題至少還有可能解答吧?穿制服冒充管理員的那個人是誰?這個,有幾個人必定可以排除在外。哈德曼、阿布思諾上校、福卡雷利、安雷尼伯爵和赫克特・麥奎恩,這幾個人都太高了。赫伯德太太、希德加第・施米特和葛蕾塔・奧爾森身子都太胖。剩下的只有那個男僕、德本漢小姐、卓戈米羅芙公主和安雷尼伯爵夫人了——但他們四個看來都不可能!葛蕾塔・奧爾森和安東尼奧・福卡雷利曾證實德本漢小姐和男僕沒有離開過房間;希德加第・施米特則堅稱自己是在公主的房裏；而安雷尼伯爵說他的妻子服用了安眠藥。這樣看來似乎誰也不可能去冒充管理員了。這真是荒謬之至！」

「我們的老朋友歐幾里德就這麼說過。」白羅喃喃自語。

「一定是那四個人當中的某一個。」康士坦丁醫生說，「除非是另有外人找到了藏身之處。不過我們都認為那是不可能的事。」

布克先生繼續看下一個問題。

「第五個問題——那只損壞的錶為什麼指著一點十五分？我只能想出兩種解釋。一是兇手要製造不在場證明而把錶針撥到那個時刻，但是當他想離開房間時，卻聽到外面有人聲而無法離開。二是——慢著，我有一個想法——」

另外二位恭恭敬敬地等他講下去，布克先生則拼命動腦筋。

「有了，」他終於說，「撥動錶針的並不是那個穿制服的兇手！而是我們稱之為第二兇手的那個左撇子，也就是那個穿緋紅色便袍的女人。她是後來進去的，她把錶針往回撥，以便為自己製造不在場證明。」

「真妙。」康士坦丁醫生說，「想像力真豐富。」

「事實上，」白羅說，「她是在黑暗中戳他的，她並不知道他已經死了，但不知怎地，她竟能推斷出他的睡衣口袋裏還有一只錶，而且還把它取了出來，盲目地把錶針往回撥了撥，又在錶上弄出了那必不可少的凹痕。」

布克先生冷冷地望著他。

「不然你能提出更好的解釋嗎?」他問。

「目前沒有。」白羅說。「沒關係。」白羅繼續說,「我想你們兩位誰也沒有注意到那只錶最有趣的地方。」

「第六個問題是不是也和這個有關?」醫生問,「對這個問題——兇手下手的時刻是不是一點十五分,我的回答是:不是。」

「我也同意。」布克先生說,「再下一個問題是:早於一點十五分嗎?我的回答是肯定的。你同意嗎,醫生?」

醫生點點頭。

「同意。可是下一個問題:或晚於一點十五分?也可以給予肯定的答覆。你的推理我是同意的,布克先生,而且我想,白羅先生也是同意的,雖然他不想明確表態。第一名兇手在一點十五分之前來到,第二名兇手在一點十五分之後來到。至於左撇子的問題,我們是不是該設法弄清楚有哪些人是左撇子?」

「我並沒有忽略這一點。」白羅說,「你們也許已注意到,我曾讓每位乘客寫下他們的姓名或住址。不過也不能單憑這一點就下結論,因為有些人做某些事時用右手,而做另外一些事時又用左手。有的人用右手寫字,可是用左手打高爾夫球。話雖這麼說,讓他們寫一寫還是有用的。每一個受到詢問的乘客都用右手執筆,唯一的例外是卓戈米羅芙公主，她拒絕寫字。」

「卓戈米羅芙公主？不可能。」布克先生說。

「我很懷疑她有沒有足夠的力氣戳下那一刀，造成那個與眾不同的、用左手戳成的刀痕。」康士坦丁醫生深表疑慮地說，「那一刀是要費相當力氣的。」

「女人使不出那樣大的力氣嗎？」

「不，我不是這個意思。我是說，上了年紀的女人沒有那麼大的力量，而卓戈米羅芙公主的身體又特別瘦弱。」

「精神也可能戰勝肉體的。」白羅說，「卓戈米羅芙公主的個性極強，她有超乎尋常的意志力。不過我們暫時把這個問題擱在一旁吧。」

「往下是第九個和第十個問題——我們能否斷言殺死雷契特的人不只一個？我們對雷契特身上的傷口還有什麼解釋？據我看，從醫學角度來講，這些傷口不可能有其他解釋了。若說有一個人先是輕輕地戳他一刀，然後又重重地戳他一刀，先是用右手戳，接著再用左手戳；而過了一會兒，就說半小時之後吧，又在這個死人身上再戳上幾刀——這是說不通的。」

「是的，」白羅說，「這樣是說不通。你認為要是有兩名兇手就說得通了嗎？」

「就像你自己說過的，除此之外還能做何解釋呢？」

白羅直楞楞地望著前方。

「這正是我在問我自己的問題。」他說，「這正是我不斷問著自己的問題。」

他把背往後靠了靠。

「從現在起，一切都靠這兒了。」他輕輕地叩了一下腦門，「我們已經把問題都找出來了。全部案情都已擺在我們面前安排得整整齊齊、有條不紊。乘客們一個個到這裏來接受訊問，我們已經知道了能夠知道的一切，來自外界的一切……」

他朝布克先生露出了親切的笑容。

「我們曾開玩笑地說，這是一樁要求靜靜坐下以便推想出真相的差事，記得嗎？好啦，現在我該把我的理論付諸實踐了，就在這裏，在你們面前。你們二位也必須這樣辦。我們三人都閉上眼睛，開始思考吧……

「乘客中有一人或幾人殺死了雷契特。他或他們是誰呢？」

3 幾項重要事實

差不多過了一刻鐘之後，才有人說話。

布克先生和康士坦丁醫生一開始便按照白羅的教導去做。他們試圖衝破由矛盾的細節構成的迷陣，找出一個清楚明確的答案。

布克先生的思路大致是這樣的：

「毫無疑問我必須思考。但是就這件事本身而言，我已經思考過了。白羅顯然以為那個英國女人與本案有關。我實在認為這是極不可能的。英國人都冷若冰霜，也許是因為體型不美的緣故……不過問題不在這裏。看來那個義大利人不太可能幹這件事，真可惜。那個英國男僕說那義大利人沒有離開過房間該不是在說謊吧？他有什麼必要說謊呢？要收買一個英國人是不大容易的，很難得逞。這件案子真是太麻煩了，真不知道什麼時候能了結。救援火車的工作一定正在進行。這些國家辦事真……不等上幾個小時是不會有人想要動作的。而這些國家裏的警察，跟他們打交道是最傷腦筋的事了——總是態度傲慢，那副傲慢的樣子誰都碰不得。這件案子會被他們大肆宣揚，因為他們難得碰上這麼一次機會。所有的報紙都會報導這件案子……」

接下來，布克先生的思緒便沿著一條陳腐的老路奔馳了，那條思路他已經走過幾百次了。

康士坦丁醫生的思路是這樣的：

「這個小矮個兒，真是怪人。他是個天才，還是個怪物呢？他能解決這件疑案嗎？不可能，我看不出有什麼辦法。這件案子的情節太複雜了。也許他們人人都在撒謊……不過即便如此也於事無補啊！他們全在撒謊也罷，全說真話也罷，反正都是亂成一團。那些傷口真是奇怪，我真無法理解……如果他是被槍彈打死，就會容易理解得多——槍手這個名詞畢竟表示還得用槍。美國真是一個古怪的國家，我也願意到那兒去，它是那麼進步。等我回家之後我一定要找到狄密屈斯・札貢。他去過美國，所有的現代思想他都具備……我真想知道姬亞現在在幹什麼。如果我妻子發覺——」

他的思路完全岔到私事上面去了。

赫丘勒・白羅坐在那裏文風不動。

旁人或許會以為他已經睡著了。

可是接著，在經過一刻鐘的徹底肅靜之後，他的眉毛突然開始慢慢地朝上抬起。他輕輕的歎息，悄聲自語道：

「儘管如此，可是……為什麼不可以呢？而如果是這樣，如果是這樣，那麼一切就都講得通了。」

他睜開眼睛，眼珠綠得像貓眼一樣。他輕聲細語地說：

「好吧，我已經思考過了。你們呢？」

另外兩位已沉緬於他們的回憶中，被他一問才猛然驚醒過來。

「我也思考過了。」布克先生略帶愧色地回答，「可是我並沒有得出結論。闡明罪行可是你的本行，不是我的，朋友。」

「我也極其認真地回想了一番。」醫生毫無慚容地說，趕緊從某些色情的念頭中轉回來，「我考慮過許多可能性，可是一個也不滿意。」

白羅和藹地點著頭，意思似乎是說：「沒錯，這樣回答很合適，果然不出我所料。」

他身子坐得筆直，挺起胸，捋了一下鬍髭，像一個在大會上發言的傑出演說家：

「我的朋友，我已在腦海裏回顧了所有事實，並且也審視了乘客們的證詞，結果，雖然思考得還不十分清楚，但是我想到了某種解釋，足以涵蓋我們所知道的事實。那是個很奇怪的解釋，而我也還不敢斷言這種解釋是否正確。要確切弄清楚這一點，我還必須進行一些試驗。

「我想先提幾點在我看來頗能發人深省的事實。先說一下我們第一次在這裏用餐時，布克先生對我說的一句話。他說到了這樣一個事實：亦即，我們周圍有各個階級的人、各種年齡的人和各種國籍的人。這種情況發生在這樣一個時節是很少見的。例如雅典──巴黎車廂和布加勒斯特──巴黎車廂就幾乎都是空無一人。而且不要忘記，還有一名乘客沒有上車，我認為這一點很重要。接著還有一些細節我也認為頗為發人深思。例如，赫伯德太太手提包的位置；阿姆斯壯太太母親的名字；哈德曼的偵查方法；麥奎恩告訴我們那張燒焦的紙條是雷契特自己燒掉的；卓戈米羅芙公主的教名，以及一份匈牙利護照上的一塊油漬。」

另外兩個人盯著他看。

「你們是否也覺得這當中有些蹊蹺呢？」白羅問。

「完全沒有。」布克先生坦白地說。

「那麼醫生你呢？」

「我一點都聽不懂你在說些什麼。」

這時，布克先生想到了他朋友剛才提到的一個物件，於是在那堆護照當中挑揀起來。他哼了一聲，揀出了安雷尼伯爵和伯爵夫人的護照，把它打開來。

「你說的就是這塊油漬？」

「是的。這是新沾上的油漬。你注意到它的位置了嗎？」

「它是在開始描述伯爵夫人特徵的地方──確切地說，是在她教名開頭的地方。可是我實在看不出問題所在。」

「我想從另一個角度來看這個問題。我們回頭來研究一下在犯罪現場撿到的那條手絹吧。正如我們稍早時說過的，有三個人是同H這個字母有關聯。那就是赫伯德太太、德本漢小姐以及那個女僕希德加第·施米特。現在讓我們從另外一個觀點來看那條手絹。我的朋友，那是一條價錢不菲的手絹，巴黎的手工刺繡，是一件奢侈品。先撇開那個縮寫字母不談，這些乘客中誰最有可能使用如此精美的手絹呢？不會是赫伯德太太，她是一位值得尊敬的女人，在服飾方面看不出有肆意揮霍的傾向；也不會是德本漢小姐，她那個階層的英國婦女用的是高雅的亞麻布手絹，而不是那種價錢很貴、大概值二百法郎的精緻手絹；當然更不會是那個女僕了。可是這列火車上的確有兩個女人可能有這樣的手絹。我們得研究一下她們兩人是否可能同那個H字母有所牽連。我說的這兩個女人，一個是卓戈米羅芙公主——」

「她的教名是娜塔麗亞。」布克先生帶著揶揄的口氣插了一句。

「完全正確。而且這個教名，我剛才說過，一定有些蹊蹺。另一位是安雷尼伯爵夫人。由此我們立刻想到——」

「不是我們，是『你』！」

「好吧，『我』立刻想到，她寫在護照上的教名已被油漬弄模糊了。誰都可以說那是不小心沾上的。但是，想一想她的教名『艾琳娜』吧。假設一下她的教名不是艾琳娜(Elena)，而是海琳娜(Helena)呢？把大寫的H改成大寫的E，然後，把緊接著那個小寫的e塗掉——這是很容易的；最後在上面滴上一小塊油漬，以遮掩塗改過的痕跡。」

「海琳娜！」布克先生叫道，「這倒也說得通。」

「當然說得通！為了要證實我的猜測，我到處找旁證，任何細微的旁證都要——我終於找到了。伯爵夫人的行李上面，有一張標籤略為潮濕，那張標籤剛好是在箱蓋上，而且把姓名的第一個縮寫字母遮住了。它是被弄濕後撕下來貼到那裏的。」

「你說的頗有道理，」布克先生說，「可是安雷尼伯爵夫人當然——」

「哎呀，老朋友，你必須轉個身從另一個完全不同的角度來看待這件案子。兇手本來想讓大家怎麼看這件案子的？別忘了，是這場大雪把兇手的原定計劃給打亂的。我們設想一下，如果沒下這場大雪，火車也按原定時間行駛，結果會如何呢？

「那非常可能要等到今天清晨火車抵達義大利邊境時，我們才發現雷契特已經死了。義大利警方得到的多半是與我們同樣的證據。那幾封恐嚇信將會由麥奎恩交給警方，哈德曼還會講他那些故事，赫伯德太太也會迫不及待地講述有個人怎麼出入她房間，那顆鈕釦同樣會被發現。我想只有兩件事會有所不同：那個人穿過赫伯德太太房間的時刻，將改成接近一點鐘的時候；而那套臥車管理員的制服，將會在某一間廁所裏被人撿到。」

「你的意思是——」

「我的意思是，這件兇殺案原想讓人以為是外來者幹的。人們會以為兇手已於夜裏十二點五十八分駛抵布羅特後下了火車；或許會有什麼人在走道上從一名陌生的管理員身旁走過；那套制服會被扔在一個顯眼的地方，以誤導警方。那時，車上的乘客便不會蒙受任何嫌疑。這件事，我的朋友，原來就是計劃以這樣的面貌問世的。

「可是，火車被大雪所阻，把這一切都打亂了。毫無疑問，我們可以指出兇手為什麼在死者房裏待了這麼久——他是在等火車開動。可是最後他知道火車沒法開動了，因此就改變計劃。因為大家都知道兇手仍在車上。」

「對，對。」布克先生迫不及待地說，「這我都明白。可是那條手絹又是怎麼回事呢？」

「我是在繞著彎解釋這一點。首先你一定要明白，那幾封恐嚇信只不過是煙幕彈。很可能是從一本拙劣的美國偵探小說中抄襲來的手法。它們是偽造的。事實上那幾封恐嚇信是打算用來應付警方的。我們必須自問：這幾封信有沒有使雷契特上當？從表面上看，答案似乎是『沒有』。他對哈德曼的指示看來是有明確對象的，那是一個他知名知姓的仇敵。如果我們認為哈德曼的證詞可靠，那麼情況就是這樣。不過，雷契特確實曾接到過一封性質不同的信——就是提到阿姆斯壯案的那一封，我們在他房中發現了那封信的殘片。假定雷契特原先並不知道自己因何受到威脅，那麼這封信一定已使他明白了仇人的身份。我已說過很多次，這封信本來是不該讓人發現的，兇手想要把它燒掉。因此，我們獲得的那塊殘片，變成兇手執行計劃的第二個障礙。

「那封信銷毀得如此仔細，只表明了一件事：火車上一定有人和阿姆斯壯一家有密切的關係，那封信如果被發現，那人一定會立刻蒙受嫌疑。

「現在來談一下我們發現的另外兩個線索。先不談那根煙斗通條，我們已經討論過了。我們來談一下那塊手絹。從最簡單的方式講，這一線索可以直接使某個名字縮寫為H的人獲罪，這塊手絹正是那個人無意中掉在那兒的。」

「完全正確。」康士坦丁醫生說，「當她發覺自己把手絹丟失之後，便馬上設法隱瞞住她的教名。」

「你跳得多麼快啊！我還不敢這麼說，你卻已經得出結論了。」

「不然還存在其他可能性嗎？」

「當然存在。譬如說，假定你做了案而想把嫌疑轉移到別人身上去，而這列火車上有某個人——某個女人——和阿姆斯壯一家有非常密切的關係。那麼假定你把屬於那個女人的一條手絹留在那兒，她就會受到盤問，她和阿姆斯壯一家的關係也會暴露出來，那證據不就齊全啦？既有動機，還有證物。」

「可是，」醫生反駁說，「如果那個受牽連的人是無辜的，她不需隱瞞自己的真實姓名啊。」

「啊，真的嗎？你以為是這樣嗎？違警法庭倒真會這樣看待。可是，我的朋友，我懂得人的本性，我可以告訴你，即使是最最無辜的人，在突然被控訴謀殺而有受審的可能時，也會喪失理智做出最荒謬的蠢事來。那塊油漬和那張改貼的標籤並不能證明她有罪，不行的，它們只能證明安雷尼伯爵夫人為了某種原因急於掩飾她的身份。」

「你認為她和阿姆斯壯家能有什麼關係？她連美國都沒到過哩。」

「沒錯，而且她英語也不好，她的外貌也極有異國風味，她本人也刻意強調這一點。不過，要猜出她是誰，應該不難。我剛才提到了阿姆斯壯太太她母親的姓名，那就是琳達・亞登，她是個極負盛名的女演員，尤其是一位擅演莎士比亞戲劇的女演員。且不談其他，想一想〈皆大喜歡〉那齣戲吧──想想其中的亞登森林和羅瑟琳。她的藝名正是從這齣戲獲得的靈感。全世界都知道她叫琳達・亞登，可是那並不是她的真實姓名，她可能原來叫哥登堡──她很像是有中歐血統，也許還沾一點猶太血統。許多不同的民族都遷移到了美國。我可以向你們指出，先生們，安雷尼伯爵夫人就是阿姆斯壯太太的妹妹，名叫海琳娜・哥登堡，是琳達・亞登的小女兒，在阿姆斯壯案發生時，她還只是一個小女孩，後來嫁給了在華盛頓當大使隨員的安雷尼伯爵。」

「可是卓戈米羅芙公主說，那女孩嫁的是英國人啊！」

「但當我們問她那個英國人的姓名時，她又說記不得了！我問你，我的朋友，真可能這樣嗎？卓戈米羅芙公主愛慕琳達・亞登的程度，就像高貴的夫人愛慕偉大的藝術家那樣。她還當了琳達・亞登一個女兒的教母。她會那麼快忘掉教女妹妹的丈夫姓什麼嗎？這是不大可能的。我想我們可以肯定地說，卓戈米羅芙公主是在說謊。她知道海琳娜也在車上，她看見過她。在她一聽說雷契特原本是誰之後，馬上就知道海琳娜會受到懷疑，因此，當我們盤問她阿姆斯壯太太她妹妹的事時，她馬上就瞎說起來了，什麼記不得啊，想不起啊，但卻知道『海琳娜嫁了個英國人』——總之說得越偏離事實越好。」

一名餐車侍者從後門進來，走到他們前面。他對布克先生說：

「先生，要開飯嗎？都已經準備好了。」

布克先生看了看白羅，白羅點了點頭。

「當然，開飯吧。」

侍者從另一頭走了出去。只聽得他搖著鈴鐺，高聲喊著：

「開飯了！第一餐飯開始供應！」

4 匈牙利護照上的油漬

白羅與布克先生、醫生同桌用餐。

車廂中用餐的人都非常安靜，很少說話，就連那老是喋喋不休的赫伯德太太也出奇地沉默。她在入座時就喃喃地說：

「我覺得什麼東西我都沒胃口吃。」

可是在瑞典女士的敦促下，端到她面前的每一樣東西她都享用了一些。瑞典女士似乎特別照顧她。

在開始上菜之前，白羅拉住了領班，低聲對他說了幾句話。康士坦丁醫生注意到侍者總是最後給安雷尼伯爵夫婦上菜，並且在他們用餐完畢要開發票時又拖拖拉拉的，他終於料到白羅對領班的指示是什麼了。他猜得還真不差。因此，後來伯爵夫婦就成了餐車廂中僅存的客人了。

當他們終於起身向車門走去時，白羅一躍而起跟著他們。

「對不起，夫人，您的手絹掉了。」

他拎著那條上面繡著字母的手絹，向她遞了過去。

她接過來看了看便遞還給他。

「你弄錯了，先生，這不是我的手絹。」

「不是您的手絹？確定不是嗎？」

「確定不是，先生。」

「可是夫人，上面有您名字的縮寫字母H啊！」

伯爵吃了一驚，白羅沒理會他。他直直盯著伯爵夫人看。

她鎮靜地望著他，說：

「我不懂，先生。我姓名的縮寫是E・A。」

「不對，您的名字是海琳娜，不是艾琳娜。您是琳達・亞登的小女兒海琳娜・哥登堡，也就是阿姆斯壯太太的妹妹。」

頓時一片沉默。伯爵和伯爵夫人都面色慘白。約莫過了一兩分鐘，白羅溫和地說：

「否認是沒有用的。這是事實，不是嗎？」

伯爵憤怒地叫道：

「我要求說明，先生，你有什麼權利——」

伯爵夫人用一隻纖手擋住他的嘴，打斷了他的話。

「別這樣，魯道夫。讓我來。否認這位先生的話是沒有用的，我們還是坐下來把事情說明白的好。」

她的語調變了。儘管還帶著柔和的南方腔，但是發音突然變得清晰，音節也更分明。她第一次發出了不折不扣的美國音。

伯爵不說話了，他遵從了她的意思。他們兩人在白羅對面坐了下來。

「你剛才說的，先生，的確是事實。」伯爵夫人說，「我是海琳娜・哥登堡，是阿姆斯壯太太的妹妹。」

「但是今天早上，您卻沒有把這一事實告訴我，伯爵夫人。」

「是的。」

「事實上，您和伯爵對我說的一切都是謊話。」

「先生！」伯爵生氣地叫道。

「別發火，魯道夫。白羅先生提問題的方式是專橫了一些，可是他所說的事實是否認不了的。」

「我很高興您如此直率地承認事實，夫人。您現在願意告訴我，您為什麼要說謊以及您為何要塗改教名嗎？」

「那是我塗改的。」伯爵插話。

海琳娜平靜地說：

「白羅先生，你當然猜得到我的理由——我們的理由。這個被殺死的人，正是那個謀殺我小外甥女、害死我姊姊，並且使我姊夫心碎的人。這三個我最親的親人，他們構成了我的家——我的世界！」

她的聲音充滿感情。她的母親曾以戲劇的感情張力使廣大觀眾淚如泉湧，此刻更看得出這是她如假包換的女兒。

她以更平靜的聲調繼續說。

「搭乘這列火車的乘客中，或許只有我有殺死他的動機。」

「不是您殺死他的嗎，夫人？」

「我向你發誓，白羅先生——我丈夫也知道，也可以發誓——儘管我可能動過這樣的念頭，可是我從沒碰過他一根汗毛。」

「我也可以發誓，先生。」伯爵說，「我以我的名譽向你們擔保，海琳娜昨天夜裏沒有離開過房間。就像我說過的那樣，她服用了安眠藥。她是完全無辜的。」

白羅看著他們，視線從這個轉到那個身上。

「用我的名譽擔保。」伯爵又重覆了一次。

白羅微微搖頭。

「可是你們為何要擅自塗改護照上的名字？」

「白羅先生，」伯爵誠懇而激動地說，「請考慮一下我的處境。一想到我的妻子被扯進一樁不光采的罪案之中，你以為我能忍受得了嗎？她沒有罪，這我清楚，可是她剛才講的是真話——由於她和阿姆斯壯一家有關係，她會立刻被懷疑，她會受到盤問，也許還會遭到逮捕。既然我們交上了厄運，和這個雷契特坐在同一列火車上，我也沒有別辦法。我承認我向你說了謊，先生，全是謊言，但有一件事並沒有說謊，那就是：我的妻子昨天夜裏沒有離開過她的房間。」

他說話的神情是如此真摯，令人很難反駁。

「我並沒有說我不相信您，先生。」白羅慢條斯理地說，「我知道您的家族歷史悠久，極為顯赫。對您來說，妻子被扯進一樁不祥的刑事案件，的確令人難以忍受。這一點我十分同情。可是對於您妻子的手絹掉在死者的房中，這件事又如何解釋呢？」

「那條手絹不是我的，先生。」伯爵夫人說。

「有H字母也不足為憑嗎？」

「不足為憑。這樣的手絹我不是沒有，但是飾有那種花樣的我沒有。我知道我當然沒有辦法使你相信我，可是我向你保證，我說的是事實。那條手絹不是我的。」

「也可能是別人放在那裏要陷害您的吧？」

她微微一笑。

「你說來說去，還是想誘使我承認那是我的手絹，不是嗎？可是白羅先生，它真的不是我的。」

她的神情極其懇切。

「那麼，如果這條手絹不是您的，您又為什麼要塗改護照上的名字呢？」

伯爵做了回答：

「因為我們聽說你們發現了一條上面繡著H字母的手絹。我們在來到餐車廂接受訊問之前就商量過這件事，我跟海琳娜說，如果你們發現她的教名是以H開頭的話，她馬上就會受到嚴厲的盤問。我想出的辦法很簡單——把海琳娜改成艾琳娜，很容易就改成了。」

「伯爵先生，您真有條件成為一名出色的罪犯。」白羅一本正經地說，「您有犯罪的天賦，而且顯然不惜屈正枉法。」

「啊，不，不。」伯爵夫人傾身向前，「白羅先生，他只是告訴你事實真相。」她一下子從說法語改為說英語了，「我當時很害怕，怕得要死，你了解吧？要是把過去的一切又重新提起，是多麼可怕啊。我一定會受到懷疑，也許還會入獄。我真是嚇壞了。白羅先生，你能理解嗎？」

她的聲音親切而深沉，圓潤懇切，正像是女演員琳達・亞登之女的聲音。

白羅嚴肅地注視著她。

「如果要我相信您的話，夫人——我並不是說我不相信您——那麼您必須幫我的忙。」

「幫你的忙？」

「是的。這樁兇殺案旨在報仇，源於拆散您家庭、毀損您青春的那齣悲劇。帶我回溯過去的歷史吧，小姐，我可以從過去找到解開全部問題的鑰匙。」

「過去有什麼可以對你說的呢？他們如今都死了。」她悲痛欲絕地重覆著，「全都死了，全都死了。羅勃特、索妮亞、親愛的小寶貝黛西。她是那樣可愛，那樣活潑，她的一頭鬈髮多麼討人喜愛，我們愛她如命。」

「可是夫人，當時還有一位受害人，可以說是間接的受害人。」

「可憐的蘇珊嗎？是的，我忘了提她了。警方盤問了她，他們認為她和這件事有牽連。這也可能。不過，如果有的話，她自己也是不知道的。我想，她曾在和別人閒談時洩漏了黛西外出的時刻。這個可憐的人激動得不得了，她以為人家要她承擔罪責。」她顫抖了一下，「她縱身朝窗外跳了下去。真是可怕。」

她用手捂住臉。

「她是哪國人，夫人？」

「她是法國人。」

「她姓什麼？」

「她的姓很古怪，可是我記不起來。我們都叫她蘇珊，她是個滿面笑容的漂亮女孩。她對黛西很好。」

「她是保姆，是嗎？」

「是的。」

「護士是什麼人呢？」

「是個受過訓練的醫院護士，她名叫斯登格堡。她對黛西和我姐姐極為忠心。」

「現在，夫人，我要您在回答這個問題之前好好想一想。自從您搭上這列火車以來，您見到過任何認識的人嗎？」

她兩眼瞪著他。

「我嗎？不，一個也沒有。」

「卓戈米羅芙公主呢？」

「啊，她嗎？當然，我認識她。我以為你問的是與那件事有關的任何人。」

「我正是這個意思，夫人。現在，仔細想一想。事情已經過去好多年了，你要知道，人的外貌可能會有變化的。」

海琳娜苦苦地思索了一番，然後說：

「沒有，我可以肯定，一個也不認識。」

「您自己，當時您還是個小孩，難道沒有人監督您的課業或照料您的生活嗎？」

「哦，有的，我有個監護人。對我來說她像個家庭教師，她也兼任索妮亞的女秘書。她是英國人，說得更精確一些，是蘇格蘭人，是個高個兒的紅髮女人。」

「她叫什麼名字？」

「弗里博迪小姐。」

「年紀大不大？」

「在我眼裏她是很老的了。我想她現在不會超過四十歲。當然了，照管我的衣服和伺候我的是蘇珊。」

「家裏沒有別人了嗎？」

「只有一些僕人。」

「那麼您敢肯定——要十分肯定，夫人——那些人，沒有一個出現在火車上？」

她誠摯地回答說：

「沒有，先生，一個也沒有。」

5 卓戈米羅芙公主的教名

伯爵和伯爵夫人離去之後，白羅轉頭看著另外兩位男士。

「看到了吧，」他說，「事情有進展了。」

「幹得好。」布克先生誠懇地說，「就我來說，我是永遠也不會去懷疑安雷尼伯爵和伯爵夫人的。我得承認我以為他們是局外人呢。我想應該是她殺的人吧？真是可憐。不過他們不會判她死刑的。她動機可憫，最多不過監禁幾年吧。」

「這麼說，你十分肯定她犯了罪啦？」

「親愛的朋友，這用不著懷疑了吧？我認為你剛才那種安撫的態度，只不過是為了暫時把事情穩住，等到我們從大雪中脫困，再把案子移交給警察當局。」

「伯爵明確聲明，而且以他的名譽擔保他妻子無罪，你難道不相信嗎？」

「當然囉，朋友，要不他還能說什麼呢？他愛他的妻子，他當然要救她！他說謊說得很巧妙，頗有貴族之風，可是他除了說謊還能怎麼辦呢？」

「這個，你知道，我倒有個荒唐的想法，那就是他說的可能是真話。」

「不，不，別忘了那條手絹。那條手絹可以證明一切。」

「啊，我對那條手絹還不敢下定論。你記得嗎，我一直跟你說，關於手絹的所有者是誰，存在著兩種可能性。」

「反正都一樣。」

布克先生突然停了下來。餐車廂的後門開了，卓戈米羅芙公主走了進來。她逕直向他們走來。他們三人都站了起來。

她沒有理睬其他兩人，直接對白羅說：

「先生，我知道你撿到了我的一條手絹。」

白羅得意地看了另外兩人一眼。

「是這一條嗎，夫人？」

他取出了那條精美的小手絹。

「正是這條。手絹角上還有我的縮寫字母呢。」

「可是公主，那個字母是H，」布克先生說，「而您的教名是——冒犯了，是娜塔麗亞。」

她冷冷地看了他一眼。

「沒錯，先生。可是我的手絹上繡的一向是俄文字母，俄文的H就是英文的N。」

布克先生有些吃驚。這位堅毅的老婦人有種特質使他不大自在和不知所措。

「今天早上問您時，您並沒有告訴我們這條手絹是您的啊！」

「你並沒有問我這個問題啊！」公主冷冷地說。

「請坐，夫人。」白羅說。

她歎了一口氣。

「我想我最好還是坐下。」

她坐了下來。

「關於這條手絹，先生們，你們用不著再費事了。接下來你要問的是，我的手絹怎麼會掉在死者身旁？對此，我的回答是：我不知道。」

「您真的不知道嗎？」

「完全不清楚。」

「請原諒我，夫人，可是您的話我們能相信嗎？」

白羅這些話說得很溫和，可是卓戈米羅芙公主的口氣很傲慢：

「我想你是指我早上沒有告訴你海琳娜・安雷尼是阿姆斯壯太太的妹妹那件事吧？」

「事實上您對我們撒了謊。」

「當然。如果重來一遍，我還是會這麼做。她的母親是我朋友啊！先生，我堅信做人要忠誠，忠於自己的朋友、家庭和社會地位。」

「您難道不主張竭盡全力去伸張正義？」

「就這件事而言，我認為正義已經全然伸張了。」

白羅朝前傾了下身子。

「您明白我的難處了吧，夫人。那麼，在手絹這件事上，我是該相信您呢，還是該認為您是在掩護您朋友的女兒呢？」

「哦！我懂你的意思了。」她狡黠地笑了笑，「這麼辦吧，先生，我的話很容易證實。我可以把替我製做手絹的商店告訴你們。你們只要把這塊手絹拿給他們看，他們就會證明，這塊手絹是我在一年前訂做的。這是我的手絹，先生。」

她站了起來。

「還有什麼事要問我嗎？」

「您的女僕，夫人，今天早晨我們把這條手絹拿給她看時，她總該認得出來吧？」

「她一定認得出來的。她看到之後什麼也沒有說嗎？啊，好啊，這表明她也很忠心。」

她微微一仰頭就走出了餐車廂。

「果然如此。」白羅低聲自語道，「當我問這個女僕，她是否知道這條手絹是誰的時，我注意到她有點兒遲疑。她不知該不該承認那是她主人的手絹。可是，這又如何能和我那奇怪的猜想並行不悖呢……是啊，這是可能的。」

「啊！」布克先生做了個特別的手勢說，「她真是個厲害的老太婆！」

「她有可能殺死雷契特嗎？」白羅問醫生。

醫生搖搖頭。

「那幾刀，就是用極大力量刺穿了肌肉的那幾刀，不是一個身體那麼衰弱的人所能辦到的。」

「那另外那幾處輕微的傷痕呢？」

「那倒有可能。」

「我是在想今天早上的事。」白羅說，「我對她說，她的力量在於她的意志，而不在於她的胳臂，這句話是個圈套。我想看她會瞧她的右臂還是左臂。可是她並沒有特別看哪一隻手，而是兩隻手都看了。不過她的回答很奇怪。她說：『我的手毫無力量，我不知道該為此憂傷還是高興。』這話很古怪，卻使我更確信自己的看法。」

「這並沒有解決左撇子的問題。」

「是的。不過，你有沒有注意到，安雷尼伯爵的手帕是塞在他的右胸袋？」

布克先生搖搖頭。他的思緒已轉到剛才這些令人驚訝的發現上了。他低聲自語：

「謊話，又是謊話。今天早晨我們竟聽了這麼多謊話，真是駭人。」

「還會發現更多的謊話呢！」白羅喜孜孜地說。

「你這樣認為嗎？」

「如果不是，我會極其失望的。」

「每個人都心口不一，真是可怕。」布克先生說，「可是你好像相當高興。」他不滿地說。

「這有個好處，」白羅說，「如果有人說謊，你找他當面對質時，他們通常都會承認──因為事前毫無防備。要讓他們承認，你只需猜得準。

「處理這樁案子也只能用這個辦法。我一一考慮每位乘客的證詞，問自己：『如果某某人說謊，他是在哪一點上說了謊？他為何要說謊？』然後我的回答是，如果他在說謊──注意，是如果──只可能是為了某個原因、在某一點上說謊。這套辦法我們已經在安雷尼伯爵夫人身上用過一次，非常成功。現在我們將繼續用同樣的辦法來對付其他人。」

「我的朋友，如果你的猜測不準呢？」

「那就會有一個人可以完全解除嫌疑了。」

「啊！這是淘汰法。」

「沒錯。」

「那麼下一個我們要對付誰呢？」

「我們來對付一下那位真正的紳士，阿布思諾上校。」

6 與阿布思諾上校再次晤談

阿布思諾上校對於再度被召到餐車廂裏來晤談顯得很惱火。他板著臉坐了下來，說道：

「怎麼樣？」

「非常抱歉再次麻煩您。」白羅說，「但是我想您可能還能提供我們一些線索。」

「是嗎？我可不這麼想。」

「首先，您見到過這根煙斗通條嗎？」

「見過。」

「這通條是您的嗎？」

「不知道。我不在自己的通條上做記號。」

「阿布思諾上校，您知不知道，在伊斯坦堡—加來車廂的乘客中，只有您是抽煙斗的？」

「既然如此，那麼，這通條或許就是我的。」

「您知道它是在哪兒撿到的嗎？」

「一無所知。」

「是在被害者屍體旁邊發現的。」

阿布思諾上校揚了一下眉毛。

「您能不能說說，阿布思諾上校，這根通條可能是在什麼情況下掉在那裏的？」

「如果你是問我有沒有把它掉在那裏，那麼，我沒有。」

「您從不曾到過雷契特先生的房間嗎？」

「我連話都沒和他講過。」

「您沒有和他講過話，而且也沒有殺死他嗎？」

上校的眉毛又嘲弄般地向上揚了一下。

「如果我殺了他，我就不可能把真相告訴你了。事實是，我沒有謀殺那個傢伙。」

「啊，好吧。」白羅咕噥道，「那無關緊要。」

「你說什麼？」

「我說這無關緊要。」

「啊！」阿布思諾似乎吃了一驚。他不安地看著白羅。

「因為，您知道，」白羅說，「那根煙斗通條並不重要。我自己就可以想出另外十一種理由來解釋。」

阿布思諾盯著他。

「我找您來的真正目的是要問另一件事。」白羅說，「也許德本漢小姐已經跟您講過，我曾在科尼亞車站聽到她對您說的一些話。」

阿布思諾沒有說話。

「她說：『別在這會兒說，別在這會兒說。等這件事全部結束，等一切都過去之後……』您知道這些話是什麼意思嗎？」

「對不起，白羅先生，這個問題我拒絕回答。」

「*Pourquoi*（法語：為什麼）？」

上校生硬地說：

「我建議你去問德本漢小姐本人。」

「我問過她了。」

「她拒絕回答嗎？」

「是的。」

「那麼，如果我也對你封口，那並不違反人情義理吧。」

「因為您不願洩漏一位小姐的秘密嗎？」

「你要這樣說也可以。」

「德本漢小姐對我說，那是她個人的一件隱私。」

「那你為什麼不相信她的解釋呢？」

「那是因為，阿布思諾上校，她可以說是涉嫌重大。」

「胡說。」上校略微激動地說。

「不是胡說。」

「你找不出她有什麼問題。」

「小黛西・阿姆斯壯綁架案發生時，德本漢小姐正在阿姆斯壯家擔任家庭教師。這不算問題嗎？」

一下子，周圍一片死寂。

白羅微微地點著頭。

「您看，」他說，「您以為我們什麼都不知道嗎？德本漢小姐若是毫無牽連的話，她為什麼要隱瞞這一事實呢？她為什麼對我說她從來沒有去過美國呢？」

上校清了清喉嚨。

「你可能弄錯了吧？」

「我沒有弄錯。德本漢小姐為什麼要說謊？」

阿布思諾上校又聳了聳肩膀。

「你最好還是問她。我還是認為你弄錯了。」

白羅提高嗓門喊了一聲。一名侍者從餐車廂另一頭走來。

「你去問一下十一號鋪位的那位英國小姐，看她是否能到這裏來一下。」

「遵命，先生。」

侍者走了，剩下四個人默默地坐著。阿布思諾上校板著臉毫無表情，看上去就像是木頭雕像。

侍者回來了。

「那位小姐一會兒就來，先生。」

「謝謝。」

過了一兩分鐘，德本漢小姐進了餐車廂。

7 瑪麗・德本漢的真實身份

她沒有戴帽子。她的頭藐視一切般地仰著，頭髮彎彎地朝後梳著，她那鼻子的輪廓，令人想起一條勇猛投入急湍中的輪船船首。那一瞬間她是很美的。

她朝阿布思諾看了一眼，只看了一眼。她對白羅說：

「你想見我嗎？」

「我想問你，小姐，今天早上你為什麼說謊？」

「說謊？我不懂你的意思。」

「你隱瞞了一樁事實，那就是，阿姆斯壯家發生慘案時，你正住在他們家。可是你卻對我說你從未到過美國。」

他注意到她略感詫異，但一會兒又恢復了常態。

「是的。」她說，「那是事實。」

「不，小姐，那不是事實。」

「你沒聽懂我的話。我是說，我說謊這件事是事實。」

「啊，你承認說謊了？」

「當然，因為你已經把我揭穿了嘛。」她的嘴角一彎，露出了笑容。

「你還算坦率，小姐。」

「看來不坦率也不行。」

「當然，這也是真話。現在，小姐，我可以問一下，你為何要隱瞞這件事嗎？」

「你該想到的，原因一想便知，白羅先生。」

「可是我不知道啊，小姐。」

她安靜、平穩而略帶悲憤的說：

「我得謀生啊。」

「你是說——」

她睜大眼睛，盯著他看。

「白羅先生，你能想像，為了謀求一份像樣的職業，為了保住一份飯碗，我們得付出多少的努力嗎？一個女子要是和一樁兇案有牽連而遭到拘留，她的姓名，甚至照片，都會出現在英國的報紙上，這樣一來，你認為還會有哪位善良的中產階級婦女，願意聘請那女子當她女兒的家庭教師？」

「何以不能——如果你本人是無辜的話。」

「唉，問題不在無不無辜，而在於名聲！白羅先生，我的人生到如今都是一帆風順，我有著待遇不壞的高尚地位。如果不是為了什麼崇高的目的，我並不打算冒風險。」

「關於這一點，小姐，請恕我直言，最有資格做出判斷的是我，不是你。」

她聳了聳肩膀。白羅又說：

「譬如說，在認人這件事情上，你原可以助我一臂之力的。」

「你這話什麼意思？」

「小姐，你有可能認不出安雷尼伯爵夫人就是你在紐約教過的學生——阿姆斯壯太太的妹妹嗎？」

「安雷尼伯爵夫人？不。」她搖搖頭，「也許你會覺得奇怪，不過我的確認不出她來。要知道，我認識她的時候她還是個孩子。那已是多年前的事了。的確，看到伯爵夫人，我感到眼熟，也感到納悶。可是她的樣子是那麼外國氣派，我確實不曾想到她就是那個美國小女孩。我用餐時偶爾瞥了她幾眼。但我比較注意她的服飾，卻沒怎麼注意她的長相。」她淡淡一笑，「女人都是這樣！然後，唔，我就只顧我自己的事了。」

「你還是不願把你的秘密告訴我嗎，小姐？」

白羅的聲音非常溫和，循循善誘。

她低聲說：

「我不能……我不能。」

突然，出其不意地，她失聲痛哭起來，她把臉靠在一雙胳臂上，哭得像是心都要碎了。上校一躍而起，尷尬地站在她旁邊。

「我，你聽好——」他停下來，轉身狠狠地看著白羅。「你這個多管閒事的卑鄙傢伙，我要把你這混帳身上的每根骨頭都打斷！」他說。

「先生！」布克先生出言制止。

阿布思諾回過身去對瑪麗・德本漢說：

「瑪麗，看在上帝面上——」

她站了起來。

「沒什麼，我還好。白羅先生，你不需要再留我了吧？如果有需要，務必來找我。啊，我真是個大傻瓜呀！」

她急急忙忙地走出了餐車廂。阿布思諾在離去前再次轉身對白羅說：

「德本漢小姐和這件案子毫無關係，毫無關係！你聽見了嗎？如果她受到打擾和阻撓，我會讓你看看我的厲害。」

他大步走了出去。

「我最喜歡見到英國人發怒了。」白羅說，「他們非常有趣。他們越是衝動，說起話來越是語無倫次。」

可是布克先生對英國人的情緒反應不感興趣。他對他的朋友已欽佩得五體投地。

「朋友，你真了不起。」他喊道，「又一次猜得奇準。真是嚇人。」

「你怎麼想得出來，簡直難以置信。」康士坦丁醫生也表示佩服。

「啊，這次我不想歸功於自己。這不是猜中的，是安雷尼伯爵夫人告訴我的。」

「怎麼會？應該沒有吧。」

「你們記得我問到她的家庭教師或監護嗎？我已在腦中斷定，如果瑪麗・德本漢和這件事有瓜葛，那麼她在他們家中一定是同樣的身份。」

「對，可是安雷尼伯爵夫人所描繪的是一個完全不同形象的人啊！」

「沒錯，她說是一個中年的高個兒紅髮女人，這恰好在各方面都和德本漢小姐的特徵相反，因而格外啟人疑竇。而接著，伯爵夫人又必須迅速捏造一個假名字，正是在這個節骨眼上，她不自覺露出馬腳。她說她的家庭教師叫弗里博迪小姐，你還記得吧？」

「是啊！」

「那好，也許你們不知道，在倫敦有一家店鋪直到不久前還叫做『德本漢暨弗里博迪商店』。因為伯爵夫人當時腦中縈繞著德本漢這個名字，在要迅速捏造另一個名字的情況下，她第一個想到的便是『弗里博迪』。我一聽就明白了。」

「她又說了一個謊。為什麼她還要說謊呢？」

「可能是要效忠到底。這就使事情稍微麻煩了一些。」

「天啊，」布克先生粗暴地說，「這節列車上是不是每個人都在說謊啊？」

「這個，」白羅說，「正是我們即將要查明的。」

8 驚人的內幕

「現在再也沒有什麼事能讓我感到驚奇了。」布克先生說，「再也沒有了！即使查出車上每個人都在阿姆斯壯家中待過，我也不會驚訝了。」

「這話可是意味深長。」白羅說，「你想不想聽聽你最鍾愛的那個義大利嫌犯，是怎樣替自己辯白的？」

「你準備再用那個了不起的方法嗎？」

「完全正確。」

「這真是一樁最最特殊的案子。」康士坦丁說。

「不，這是最最平常的一個案子。」

布克先生伸直了兩條胳臂，做出一副絕望的滑稽樣。

「我的朋友，如果你把這叫做平常的話——」

他想不出該說什麼話了。

白羅已囑咐餐車侍者去把安東尼奧・福卡雷利找來。

這個高大的義大利人走進餐車廂時神色緊張，小心翼翼。他神經質地左顧右盼，活像一頭跌入陷阱的野獸。

「你們想問什麼？」他說，「我沒有什麼可以講的，什麼都沒有，聽見了嗎？*Per Dio*（義語：天哪）……」他用手在桌上敲了一下。

「你有，你還有很多事情可以告訴我們。」白羅篤定地說，「我要你說出事實真相！」

「事實真相？」他不大自在地瞥了白羅一眼，舉止不再像之前那樣穩重而親切。

「呃，是的，我已經猜到八分了。可是如果從你嘴裏說出來，對你比較有利。」

「你說話就跟美國警察一樣。『徹底交代』！他們就是這麼說的，『徹底交代』。」

「噢！原來你和紐約的警察也打過交道？」

「不，不，從來沒有。他們拿不出對我不利的證據——但他們並不是要審判我。」

白羅平靜地說：

「你是指阿姆斯壯一案，是嗎？當時你是他們家的司機嗎？」

他兩眼直盯著那個義大利人的眼睛。大個兒那股趾高氣揚的姿態一下子消失了，他像一個洩了氣的皮球。

「既然你已經知道了，還問我幹什麼？」

「你早上為什麼要說謊呢？」

「工作上的原因。而且，我並不信任南斯拉夫警察，他們痛恨義大利人，他們不會公正的對待我。」

「或許他們才會『公正的』對待你呢！」

「不，不，我和昨晚發生的事毫不相干。我一直沒有走出過我的房間，那個臉長長的英國人可以證明這一點。我並沒有殺死那頭豬——那個雷契特，你沒有任何不利於我的證據。」

白羅在一張紙上寫著字。他抬起頭平靜地說：

「很好，你可以走了。」

「我說你可以走了。」

「你知道不是我……我不可能和這件事有牽連吧？」

福卡雷利不自在地遲遲不離開。

「這是陰謀。你打算陷害我嗎？就為了一個早該送上電椅處死的畜牲？他沒有被處死真是沒天理。如果是我，如果是我遭到逮捕的話——」

「但那不是你啊！你和綁架孩子的事毫無關係啊！」

「你那是什麼話？當然沒有。那個小寶貝可是全家人的寵兒啊！她叫我安東尼奧，她很喜歡坐在汽車裏假裝握著方向盤。全家人都喜愛她！連警察最後也了解了這一點。啊，美麗的小寶貝！」

他的聲音變得柔和，淚水湧上眼睛。他猛然轉過身去，大步走出了餐車廂。

「皮特羅！」白羅叫道。

餐車侍者急忙跑了過來。

「請傳喚十號鋪位那位瑞典女士。」

「遵命，先生。」

「還有一個嗎？」布克先生叫道，「啊，不會──不可能，我說不可能。」

「朋友，我們必須搞清楚，即使最後事實證明火車上每個人都具有殺死雷契特的動機。只要我們搞清楚，我們就能查出誰是罪犯了。」

「我的腦袋又發暈了。」布克先生呻吟道。

葛蕾塔・奧爾森在侍者的親切帶領下走進了餐車廂。她悲痛地哭泣著。

她走到了白羅對面，便一下子坐倒在椅子上，手中拿著一塊大手帕拭著眼睛，不停地哭著。

「別傷心，小姐，別傷心了。」白羅輕輕拍著她的肩頭，「只要講幾句真話就行了。你是負責照料小黛西・阿姆斯壯的護士嗎？」

「是的，是的。」那可憐的女子哭著說，「啊，她真是個天使，是個可愛、善良純潔的小天使。除了疼惜和珍愛之外，她未曾受過其他對待。可是她卻被那個惡棍搶走了，受到殘酷的虐待……她那可憐的母親……還有另一個尚未出世的小傢伙。你無法了解，你不會明白，要是你和我一樣身在現場，要是你面對整個可怕的慘劇……今天早上我本來應該把真實的情況告訴你，可是我害怕，我怕……那個惡棍死了，我真高興他再也不能虐待或殺害小孩子了。啊！我無法說下去了，我無法好好說話……」

她哭得更厲害了。

白羅繼續輕拍她的肩頭。

「好啦，好啦，我明白了，一切都明白了——所有的一切我都了解。我告訴你，我不再問你什麼問題了。你已經承認了我所知道的事實，這就夠了。我可以告訴你，我都了解。」

葛蕾塔・奧爾森這時已泣不成聲，她站起來，恍恍惚惚地朝門口走去。當她走到門口時，外面走進來一個人跟她撞上了。

那人是那個男僕，馬斯特曼。

他一直走到白羅面前，以他一向平靜而不帶感情的聲音說道：

「但願我沒有打擾您，先生。我想我最好還是馬上來，先生，把真相告訴您。第一次大戰時，我曾是阿姆斯壯上校的勤務兵，先生。後來在紐約我又擔任他的男僕。今天早上我隱瞞了這件事，這是不對的，先生，所以我想我還是來把事情交代清楚。但是我希望，先生，您千萬不要懷疑安東尼奧。老安東尼奧，先生，他連一隻蒼蠅都不忍心打死，而且我可以發誓他昨晚整夜都沒有走出過房間。因此，你看，先生，那不可能是他幹的。安東尼奧固然是個外國人，先生，但是他秉性善良，並不像人們在書刊上讀到的那種險惡兇狠的義大利人。」

他停下來了。

白羅鎮定地看著他。

「你要講的就是這些嗎？」

「就是這些，先生。」

他又沉默了。然後，他見白羅沒什麼話要講，便稍稍鞠了躬表示歉意。接著，他又遲疑了一下，然後便以和來時同樣安靜、謙遜的態度走出去。

「這件事，」康士坦丁醫生說，「真是比我讀過的任何偵探小說都要離奇。」

「我同意。」布克先生說，「那節車廂的十二名乘客中，已證實有九人和阿姆斯壯一案有關聯。我得問你，你的下一步是什麼？或者，我該這樣問你，下一個是誰？」

「這問題我幾乎可以立刻回答你。」白羅說，「瞧，我們的美國偵探哈德曼先生來了。」

「他也是來告白的嗎？」

白羅還沒來得及回答，那個美國人已經走到他們旁邊。他機靈地瞥了他們一眼，便坐下來慢吞吞地說起話了：

「這列火車到底是怎麼回事？我覺得像個瘋人院。」

白羅朝他眨了眨眼：

「哈德曼先生，你應該不是阿姆斯壯家的園丁吧？」

「他們家沒有花園。」哈德曼先生照實回答。

「那麼，是男管家？」

「我不具備那種職務所需的翩翩風度。不，我和阿姆斯壯一家沒有什麼關係。不過我現在開始相信，在這列火車上，我大概是唯一一個和他們家沒有關係的人！你能反駁我這句話嗎？你能反駁嗎？」

「這實在有點出人意料。」白羅溫和地說。

「真是開玩笑。」布克先生喊道。

「哈德曼先生，你自己對這樁案件有什麼看法嗎？」白羅問。

「沒有，先生，這個案子把我難倒了。我不知道如何才能弄清楚。不可能所有的人都有牽連啊；至於到底誰是兇手，我無法判斷。我只想知道你是怎麼把這一切搞清楚的。」

「我是猜想的。」

「那麼，說真的，你真是個相當高明的猜測家。是啊，我要告訴大家說，你是個高明的猜測家。」哈德曼先生往後靠了一下，以欽羨的目光看著白羅。「請原諒我無禮。」他說，「可是光看你的外表，誰也不會相信的。我得向你脫帽致敬，真的，是的。」

「你太客氣了，哈德曼先生。」

「一點也不。我不得不承認你很高明。」

「可是，」白羅說，「問題仍然沒有完全解決。我們能夠大膽斷言我們已知兇手是誰了嗎？」

「別指望我。」哈德曼先生說，「我什麼也不想說。我只是對你佩服得五體投地。另外兩位你還沒有猜過的人怎麼樣？那位美國老太太和那位女僕？我想她們兩人應該是這列火車上僅存的清白之人吧？」

「除非，」白羅微笑著說，「我們為她們在阿姆斯壯家找到合適的職務。譬如說，女管家和廚娘。」

「這個……世界上再也沒有什麼事能嚇到我了。」哈德曼先生無可奈何地說，「瘋人院，這件事就是這樣，瘋人院！」

「啊，親愛的，那就未免巧合得有點過頭啦，」布克先生說，「他們不可能全都牽連進去的。」

白羅看了他一眼。

「你不了解，」白羅說，「你一點兒也不了解。那你說說看，你知道雷契特是誰殺的嗎？」

「你知道嗎？」布克先生反問。

白羅點點頭。

「是的，」他說，「我已經知道有一段時間了。事實已擺在眼前，我真納悶你怎麼還看不出來。」他看了看哈德曼，問道：「你呢？」

那位偵探搖搖頭，他以好奇的目光看著白羅。

「我不知道，」他說，「我完全不知道。到底是哪一個？」

白羅沉默了一會兒，然後說：

「如果不麻煩，哈德曼先生，請你把所有的人都召集到這裏來。這樁案子有兩種可能的答案，我要把它們都攤開在你們面前。」

9 兩種答案

乘客們全都聚集到餐車廂來，在餐桌旁坐了下來。他們的表情大致相同——期待之中摻雜著憂慮。那位瑞典女士仍在哭泣，而赫伯德太太則在安慰她。

「親愛的，現在你一定得控制住自己，一切都會圓滿結束的，你一定不能失控。如果我們中間有人是兇狠的殺人犯，大家也很明白絕不會是你。哎，這種事情任誰想到都會發狂。你好好坐著，我就在你身邊，你可以放心。」

白羅站起身來，她便不再說話了。

臥車管理員正在餐車的走道上徘徊。

「我能留在這裏嗎，先生？」

「當然，米歇爾。」

白羅清了清嗓子。

「各位先生女士，我將用英語講話，因為我知道你們大家多少都懂一些英語。我們到這裏來是為了調查賽繆爾・愛德華・雷契特——又叫卡賽第——死亡一案。目前，這個案子有兩種可能的解答。我準備把兩種答案都擺在你們面前，我還要請在座的布克先生和康士坦丁醫生來判斷哪一個答案正確。

「現在，案情本身你們全都知道了。今天早上，雷契特先生被人刺死了。我們所知道的是，他在昨晚十二點三十七分還活著，當時他隔著房門和臥車管理員講過話。他的睡衣口袋裏有一只凹痕很深的懷錶，錶針停在一點十五分上。康士坦丁醫生當時檢查了屍體，斷定死亡時間是在午夜至凌晨兩點之間。你們大家都知道，昨晚十二點半時，火車碰上了大雪堆。從那之後，任何人想離開火車都不可能了。

「哈德曼先生是紐約一家偵探事務所的成員（有幾個人轉頭看了看哈德曼先生），他做證說，不論誰經過他的房門（他的房間是最旁邊的十六號房），都逃不過他的眼睛。因此，我們不得不做出這樣的結論，那就是，兇手是這節車廂──伊斯坦堡─加來車廂的乘客。這就是我們原來的論點。」

「什麼？」布克先生吃了一驚，插了話。

「不過我會先把另一個論點告訴你們，那很簡單。雷契特先生有一個他很害怕的仇人，他曾向哈德曼先生描述過這個仇人的模樣，並對哈德曼先生說，如果那仇人打算謀害他的話，極可能是在火車駛離伊斯坦堡後的第二天晚上動手。

「現在我可以告訴你們，女士，先生，雷契特了解的情況要比他說出來的多得多。他的仇人正像他們估計的那樣，在貝爾格萊德上了車，也可能是在文科威上車的，他是趁阿布思諾上校和麥奎恩先生剛走下月台時，從打開的車門上來的。他穿著臥車公司的制服，罩在普通衣服外面，他還有一把萬能鑰匙，因而能自由進出雷契特先生的房間。雷契特先生由於吃了安眠藥而沉睡不醒，這個人便用匕首猛烈地把他戳死，然後再經由那扇通往赫伯德太太房間的隔門，離開了雷契特的房間——」

「就是這樣。」赫伯德太太點頭。

「他把匕首順手塞進赫伯德太太的手提包。他沒注意到制服的鈕釦掉了一顆。然後他溜出了包廂，來到走道上。他匆匆忙忙走進一間沒有人的房間，把制服脫下來塞進一只手提箱中，幾分鐘之後，他穿著日常服裝，在火車開動之前跳下了車，經由同一個出口，亦即靠近餐車廂的那個門。」

所有人都喘了一口氣。

「那只錶又怎麼解釋呢？」哈德曼先生說。

「整個案件都得靠那只錶來解釋。雷契特先生本該在察里布羅德就把錶撥慢一小時的，可是他忘了撥。他的錶還是東歐時間，比中歐時間早一小時。所以雷契特先生被殺的時間是十二點十五分，不是一點十五分。」

「可是這樣說不通。」布克先生喊道，「那在十二點三十七分時從他房裏發出的講話聲呢？那聲音要嘛是雷契特發出的，不然就是那兇手說的。」

「不一定，也可能是第三者的聲音。有個人走進雷契特的房間，想和他講幾句話，可是發現他死了。他按鈴召喚管理員，接著，如你所說的，他陡生疑慮，怕被控殺人，所以就冒充雷契特說了那句話。」

「那倒可能。」布克先生勉強承認。

白羅看著赫伯德太太。

「啊，太太，您剛才要說——」

「這……我也不太知道我要說什麼。你認為我是不是也忘記把錶撥慢一小時了？」

「不，太太，我認為你只是聽到那個人穿過你的房間，可是當時你的意識並不是很清醒；後來你做了個惡夢，見到有人在你房裏，便一下子驚醒了，這才按鈴叫管理員。」

「啊，我想這有可能。」赫伯德太太承認。

卓戈米羅芙公主直楞楞地注視著白羅：

「先生，那你怎麼解釋我女僕的證詞呢？」

「非常簡單，夫人。您的女僕知道我給她看的那條手絹是您的，可是她還笨拙地想掩護您。她是碰到過那個人，可是時間要早些——早在火車停靠在文科威車站的時候。她假裝是在晚一些時候碰上他的，以為那樣就可以替你製造一個天衣無縫的不在場證明。」

公主低下了頭。

「一切你都考慮到了，先生。我……我對你表示欽佩。」

一時大家都沉默下來。

突然康士坦丁醫生拳頭在桌上砰地一擊，把大家都嚇了一跳。

「不對。」他說，「不，不，還是不對！這樣的解釋站不住腳，在好多細節上都有漏洞。這件兇殺案的真相根本不是這樣的，白羅先生應該非常清楚這一點。」

白羅好奇地轉頭望了他一眼。

「我知道。」他說，「我還得把我的第二種答案也說出來。但是，不要輕率地放棄第一種答案，說不定待會兒你還會同意它呢。」

他又轉過頭來面對大家。

「這樁兇殺案還有另一種可能性。我是這樣得出答案來的。

「當我聽取了所有人的證詞之後，我就向後一靠，閉上眼睛開始思考。某些話在我看來是值得注意的，我已經把這些話向我的兩位同事一一列舉過了，其中有些事情我詳加說明——例如護照上的油漬；另外一些，我將簡要地敘述一下。首先，也是最重要的一點，是我們離開伊斯坦堡後的第一天，在餐車廂中吃午飯時，布克先生對我說的一句話。大意是說，這節車上的乘客非常有意思，形形色色，屬於不同的階級和國籍。

「我同意他的看法，可是當這特殊情況在我腦中盤桓時，我努力地想，是否還可能在別的什麼場合，把這樣一些不同的人物聚集在一起呢？我想出來的答案是——只有在美國才有此可能。在美國，某個家庭裏很可能聚集著各種不同國籍的人，一名義大利司機、一名英國女家庭教師、一名瑞典護士、一名德國女僕等等。這就引我開始『猜一猜』，也就是把每個人像安排角色那樣，幫他們在阿姆斯壯家中安排了一定的職務。這樣做，使我獲得了一個非常有趣、非常滿意的答案。

「我在自己腦中把每個人的證詞都想過一遍，得到了一些奇妙的結果。

「先看一下麥奎恩先生的證詞。我和他進行的第一次談話是非常令人滿意的。但是在第二次談話中他說了一句相當奇怪的話。在那之前，我跟他說我找到一張寫有阿姆斯壯字樣的紙條。他說『那一定……』，然後就住口了，又改口說：『我是說，那老頭兒也太疏忽了。』

「現在我可以知道他那時本來不想那麼說的。假定他本來想說的是：『那一定已經燒掉了！』那就表明，麥奎恩知道有那張紙條，並且知道它已被燒掉。換句話說，他要不就是兇手，要不就是兇手的同謀。很好。

「然後是男僕。他說他的主人在搭火車旅行時，有每晚服用安眠藥的習慣。這可能不假，可是雷契特昨天晚上還可能服用安眠藥嗎？他在枕頭底下放了一把自動手槍呀！這就證明這說法不對。雷契特昨天晚上是打算枕戈待旦的。不論他服用了什麼藥，那必定是別人偷偷給他服用的。是誰給他服用的呢？顯而易見，不是麥奎恩，就是男僕。

「現在我們來看一下哈德曼先生的證詞。關於他身份的說明，我全都相信，可是當他談到他保護雷契特先生的具體做法時，他說的話就極其荒謬了。要保護雷契特，唯一有效的辦法是晚上守在雷契特的房間裏，或者守在某個可以望見雷契特房門的地方。哈德曼的證詞僅僅說明了一件事，那就是，其他車廂的人不可能殺害雷契特。他的證詞把伊斯坦堡—加來車廂清清楚楚地同外界隔絕起來。這一事實在我看來似乎是相當奇怪而無法解釋的，因此我只能將它擱在一旁，回頭再研究。

「你們恐怕全都聽說了，我聽到德本漢小姐和阿布思諾上校之間的幾句對話。我覺得有趣的是，阿布思諾上校竟然稱她為瑪麗，這就表明他們兩人是極為熟稔的。可是上校卻說他們是這幾天才認識的。上校這類的英國人我是見過的。這類人即使對女士一見鍾情，也會謹守禮儀、穩步進展，而不會莽撞行事。因此我得出的結論是：阿布思諾上校和德本漢小姐實際上相識已久，只是為了某種原因才裝作互不相識。另一個小問題是，德本漢小姐對『長途電話』這個詞並不陌生，可是她卻告訴我，她從未到過美國。

「談到另一位證人。赫伯德太太曾告訴我，她躺在床上時無法看到那扇隔門是否已插上門栓，因而請奧爾森小姐替她看看。好吧，如果她住過的包廂是二號、四號、十二號或任何雙號的話——那些房間裏，隔門的門栓都是安置在門把下面——那麼她說的話倒也沒錯。可是在單號包廂，就像三號包廂那樣，門栓是安置在門把上方的，因而絲毫不會被手提包所遮住。由此我只能得出這樣的結論：赫伯德太太在說謊，她說的事根本不曾發生過。

「現在讓我就時間問題說一兩句話。在我看來，那只凹痕很深的懷錶，真正有趣之點，在於它被發現的地點。它放在雷契特的睡衣口袋中。那個地方是不大適合放錶的，放在裏面會很不舒服，尤其是床頭還設有掛錶的鈎子，如此就更不會放在口袋裏了。因此，我確信那只錶是被刻意放在他口袋裏的，以便誤導案情。因此，做案的時間並非一點十五分。

「那麼，做案時間是否在早一些的時候呢?確切地說，是否是十二點三十七分呢？我的朋友布克先生，提出我在夢中被喊叫聲吵醒的事實，做為支持這一看法的依據。可是，如果雷契特服用了大量安眠藥的話，他是不可能喊叫的。如果他有能力喊叫，那麼他當然也有能力掙扎以保衛自己，可是，他的房裏沒有任何掙扎跡象。

「我記得麥奎恩曾經叫我們注意——不是一次，而是兩次，而且第二次是非常露骨的——注意雷契特不會說法語這一事實。我所得出的結論是：十二時三十七分所發生的一切動作，都是專門演給我看的！關於那只懷錶，誰都可以一眼識破，這類花樣在偵探故事中屢見不鮮。他們認為我應該會識破這一點，並且以為我會自命不凡地推斷出，既然雷契特不會說法語，我在十二點三十七分聽到的聲音必然不是他的聲音，所以雷契特一定早已死了。可是我相信，雷契特在十二點三十七分時仍在昏昏沉睡呢。

「不過，那項計謀還是成功了!我曾打開房門朝外看了看。事實上我還聽到了那句法語。如果我竟十分昏昧遲鈍，絲毫未理解那句法語的重要性的話，我也一定會被提醒的。在必要時，麥奎恩一定會站出來，他會說：『很抱歉，白羅先生。那句話不可能是雷契特先生講的，他不會說法語。』

「現在，真正的做案時間是什麼時候？是誰殺了他？

「根據我的看法——這只是一個看法——雷契特被殺死的時間接近兩點鐘，也就是醫生說的可能時間內最遲的時間。

「至於是誰殺了他——」

他停了一下，環顧他的聽眾。他不能抱怨沒有人注意他了，因為，此刻在場的每隻眼睛都盯在他身上。室內一片靜寂，掉一根針都聽得到。他慢慢地說：

「令我特別驚訝的是，要證明車上任何一個人是兇手都很困難，而且每個人的不在場證明，都是由另一位可以說是『不大相干的人』所提供的，這種巧合是非常奇怪的。例如，麥奎恩先生和阿布思諾上校相互提供了不在場證明，但這兩個人看起來並沒有什麼交情。至於那個英國男僕和義大利人也是同樣情況，瑞典女士和英國小姐也是如此。我對自己說：『這種情況很反常，他們不可能全部都有牽連！』

「可是後來，先生們，我看出了其中端倪。他們全都有牽連！因為那麼多和阿姆斯壯綁票案有關係的人，湊巧乘坐同一列火車旅行，這不僅罕見，簡直可說是不可能。這一定不是巧合，而是事先策劃的。我還記得阿布思諾上校曾經提到陪審制度。陪審團是由十二個人組成的，而車上有十二名乘客，雷契特也被戳了十二刀。所以，我一直茫然不解的一件事——何以在這樣的淡季，乘坐伊斯坦堡—加來車廂旅行的人這麼多——便得到了解釋。

「雷契特在美國逃脫了法網。他的罪行是毫無疑問的。我想像有一個自封的十二人陪審團宣判了他的死刑，並且出於情況需要，自己充當了執刑人。根據這樣的假設，整個案子便立刻脈絡分明，疑團全解開了。

「我把這件事看成是一件完美的鑲嵌作品，每個人都擔負自己份內的任務。只要任何一個人受到懷疑，其他人就會幫他開脫，並且把水攪渾。哈德曼的證詞是必要的，以備萬一有某個外人沾上了嫌疑而又提供不出不在場證明。伊斯坦堡車廂中的乘客都毫無危險，他們的證詞都是事先研究過的。整件事情是一幅設計得非常精巧的拼圖玩具，每發現新的線索，都會使案情更加複雜。正如我朋友布克先生說的，這件案子離奇到了不可能解決的程度！而這正是做案人想要製造的效果。

「這個答案是否解釋了一切呢？是的，它已解釋了一切。傷口的性質——每一刀都是由不同的人戳入的；那些恐嚇信不是真的，寫那樣的信僅僅是為了製造假證據（毫無疑問，是有真的恐嚇信向雷契特發出索命的警告，可是被麥奎恩燒掉，用這些信加以替代了）；至於哈德曼說被雷契特叫進去的事，當然自始至終全屬謊言，而那位『矮矮的、深色皮膚、嗓音像女人』的神秘人物，不過是他信口開河，這樣做的目的，在於避免把真正的臥車管理員陷之於罪，而且對男人和女人都適用。

「用匕首刺死，這個想法乍看起來有點兒怪，但仔細一想，沒有其他武器更適合當時的環境了。匕首是一種人人都可用的兇器，不論身體強弱都能使用，而且不會發出聲響。我猜想——雖然可能猜得不準，一定是每個人輪流經由赫伯德太太的房間，進入雷契特漆黑的房中戳下自己那一刀！他們自己永遠也不會知道是哪一刀把他戳死的。

「麥奎恩把在雷契特枕頭上發現的最後一封信細心地燒掉了。如果沒有這封信，就不會有人懷疑車上的乘客。案子將被判定成廂外人所為，而乘客們在布羅特下車後就可以言之鑿鑿地說，曾看過那個『矮矮的、深色皮膚、噪音像女人的人』了。

「我並不確切知道，當這些密謀策劃的人發現火車受阻，原訂計劃有一部份不能實行的時候，他們做了些什麼。我猜想他們一定匆匆忙忙進行了磋商，接著決定還是按原計劃行事。這樣一來，所有乘客都必然要蒙受懷疑，不過他們已經預見到這一可能性，也做了準備。需要加強的一件事便是進一步把水攪渾。於是，在死者的房間裏便掉落了兩個所謂的『線索』。一個是和阿布思諾上校有關的煙斗通條（他的不在場證明最有力，並且他和阿姆斯壯一家的關係或許最難證實）；另一個是那條手絹，那會陷害卓戈米羅芙公主，而根據她的社會地位和她衰弱的身體，以及她的女僕和管理員所提供的不在場證明，她的立場無懈可擊。為了進一步把水攪渾，又製造了一些不相干的事來分散注意力，譬如，那個穿緋紅色便袍的神秘女子，還讓我親眼見到她——有人在我門上敲了一下，我起身開門探看時，只見那件緋紅色便袍在遠處逐漸消失。精心選擇的三個人，管理員、德本漢小姐和麥奎恩也將看到她。我想，有人還很有幽默感，竟趁我在找人談話時，把緋紅色便袍放進了我的手提箱。我不知道那件便袍是從哪裏來的，我猜想那是安雷尼伯爵夫人的衣服，因為她的箱子裏只有一件薄綢長袍，那件長袍十分精緻，比較適合飲茶時穿，而不宜當做便袍。

「當麥奎恩一聽說他細心燒掉的那封信居然還有一小部份沒有燒盡，而且遺留在上面的字正好是阿姆斯壯那個姓氏時，他一定立刻向大家報告了這個情況。這樣一來，安雷尼伯爵夫人的處境便嚴重了，於是她的丈夫馬上著手塗改護照。那是他們的第二件倒楣事！

「他們一致否認和阿姆斯壯家有任何關聯。他們知道我沒有辦法立刻查明真相，而且不相信我會去查究這件事，除非某個人引起我的懷疑。

「現在，還有一個問題有待考慮。假定我對本案的推斷是正確的——我相信一定是這樣——那麼顯而易見，臥車管理員本人一定也有參與。可是如果是這樣，就一共有十三個人而不是十二個人了。通常的犯罪情況是『在這許多人之中只有一人是有罪的』，而我面臨的問題卻是，『這十三個人中只有一人是無辜的』。而那個人究竟是誰呢？

「我得到了一個很怪的結論。我認為，沒有參與罪行的那個人，正是那個被認為最有可能參與罪行的人。我指的是安雷尼伯爵夫人。當安雷尼伯爵鄭重向我發誓，並以名譽擔保他的妻子昨晚沒有離開過房間時，他的誠摯態度很令人感動。我的判斷是，安雷尼伯爵，姑且這麼說，代替他妻子執行了任務。

「如果是這樣，那麼皮耶·米歇爾一定是共犯。但是，怎麼解釋他與本案的牽連呢？他是個正直的人，已經在臥車公司供職多年，不是那種會被收買去幹壞事的人。因此皮耶·米歇爾一定和阿姆斯壯案有牽連。但是似乎又很不可能。然後我想起，那個死去的保姆是法國人。假定那個不幸的女子原來是皮耶·米歇爾的女兒，那就能解釋一切——也能解釋為什麼他們要挑選這個地方來做案了。

「還有什麼人扮演的角色不清楚嗎？我把阿布思諾上校定為阿姆斯壯的朋友，他們可能曾在大戰中共同患難。女僕希德加第·施米特，我可以猜出她在阿姆斯壯家的職務。我這人也許嘴太饞，因而對於好廚師有強烈的直覺。我給她設了個陷阱，而她也跌下去了。我說我知道她是一名好廚師，她回答說：『是的，的確如此，我所有的女主人都這樣說。』然而你如果是一名隨身女僕，你的主人可是很難有機會了解你是不是一名好廚師的。

「然後還有哈德曼。他看來可以十分肯定不是阿姆斯壯家的人。我只能猜想，他曾和那個法國女子相愛過。我在與他談到外國女子的魅力時，又一次得到了預期的反應。當時他突然淚水盈眶，但只推說那是由於雪景耀目所致。

「剩下來就是赫伯德太太了。現在，我可以說，赫伯德太太在這齣戲中扮演了一個最最重要的角色。由於佔用著和雷契特房間相通的房間，她比其他人更容易受到懷疑。

本來她是無法獲得不在場證明的。要擔負她所扮演的角色——一個非常自然、略微可笑、十分溺愛女兒的美國母親，真需要由一位真正的藝術家來擔綱。曾經有過一位藝術家和阿姆斯壯一家有關係：阿姆斯壯太太的母親琳達•亞登，著名的女演員……」

他停了下來。

然後，赫伯德太太以一種溫柔、圓潤、如在夢中的聲音——完全不像她之前發出的那種音調——說道：

「我想像自己是在演一個丑角。」她繼續如在夢中地說道：「關於門栓位置的那一點疏忽，確實很不應該。這件事證明，你永遠得認真排練。我們在出門時試過一下，我想當時大概是在雙號房練習——我從未想到門栓會設在不同的地方。」

她挪動了一下位置，眼睛直望著。

「一切你都知道了，白羅先生，你真是一個非常了不起的人物。可是就連你也難以想像當時的情景，想像在紐約那段可怕的日子！我簡直悲痛得要發瘋了，僕人們也一樣，阿布思諾上校也在場——他是阿姆斯壯上校最要好的朋友。」

「他在戰爭中救過我的命。」阿布思諾說。

她繼續說：

「我們當時就決定——或許我們都瘋了，我不知道——卡賽第的死刑仍必須執行。那時我們有十二人——不如說十一人，蘇珊的父親當時遠在法國。起先我們想抽籤決定由誰來做，可是最後我們決定用目前的辦法。這個主張是司機安東尼奧提出來的，後來由瑪麗和赫克特‧麥奎恩擬訂了全部細節。麥奎恩一直熱愛著索妮亞，我的女兒，他還向我們確切說明卡賽第是怎樣利用賄賂逃脫法網的。

「我們的計劃花了很長時間。首先我們得找到雷契特的行蹤。哈德曼設法找到了。然後我們必須設法讓馬斯特曼和赫克特受他雇用，要不，至少得有一個人受他雇用。這一點，我們做到了。然後我們又和蘇珊的父親商量。阿布思諾上校堅持要有十二個人，他認為這樣才更符合規章。他不大喜歡用匕首的這個主意，不過他也認同用刀子可以解決我們大多數的難題。這個計劃，蘇珊的父親也願意參與，蘇珊是他唯一的女兒。我們從赫克特那裏得知雷契特遲早要搭東方快車從東方歸來。由於皮耶‧米歇爾正好在車上供職，這機會就太好了，絕不能錯過。何況，那還是一個不會牽累任何外人的好方法。

「我女兒的丈夫當然應該知道，他堅持要陪她一起搭乘這班火車。在赫克特的巧計哄騙下，雷契特選定了旅行的日子，那天正好是米歇爾的班。我們本來打算把伊斯坦——加來車廂的每個房間都訂下來，可是不幸有一個房間我們訂不到。那個哈里斯先生當然是個虛構的人物，讓赫克特的房間裏住一個陌生人會很麻煩的。然而，到了最後一分鐘，你來了……」

她不說了。

「好啦。」她說，「現在你都知道了，白羅先生。你打算怎麼辦呢？如果一切都必須公開的話，你能不能只懲辦我一個人呢？我十分樂意在那個人身上戳上十二刀。不僅由於他害死了我女兒和我孫女，而且還害死了一個胎兒，不然，他現在還會活著，過著他的幸福生活。還不止於此。在弄死黛西之前，他還弄死過其他孩子；而且他將來還會再害死其他的小孩。整個社會已都譴責過他，我們只不過是執行了那項判決。可是沒有必要把其他人都扯進去。這些善良忠誠的靈魂——可憐的米歇爾，還有瑪麗和阿布思諾上校，他們是相愛的……」

她的聲音非常動聽，在環坐聽眾的空間裏縈繞迴盪，她那深沉、感情充沛而撼動人心的聲音，曾經激勵過多少紐約的觀眾啊！

白羅看了看他的朋友。

「你是公司的董事，布克先生，」他說，「你說怎麼辦？」

布克先生清了清嗓子。

「依我看，白羅先生，」他說，「你提出的第一種答案是正確的，一定是如此。我建議等南斯拉夫警察來到的時候，我們就告知他們第一種答案。你同意嗎，醫生？」

「當然同意。」康士坦丁醫生說，「至於醫學上的證據，我想，呃……我可以提出一兩點異想天開的意見。」

「現在，」白羅說，「既然已經把答案給了你們，請容我萬般榮幸地宣佈退出本樁案件……」

克莉絲蒂推理原著出版年表

史岱爾莊謀殺案 The Mysterious Affair at Styles 1920
隱身魔鬼 The Secret Adversary 1922
高爾夫球場命案 Murder on the Links 1923
褐衣男子 The Man in the Brown Suit 1924
白羅出擊 Poirot Investigates 1924
煙囪的秘密 The Secret of Chimneys 1925
羅傑・艾克洛命案 The Murder of Roger Ackroyd 1926
四大天王 The Big Four 1927
藍色列車之謎 The Mystery of the Blue Train 1928
七鐘面 The Seven Dials Mystery 1929
鴛鴦神探 Partners in Crime 1929
牧師公館謀殺案 The Murder at the Vicarage 1930
謎樣的鬼豔先生 The Mysterious Mr. Quin 1930
西塔佛秘案 The Sittaford Mystery 1931
危機四伏 Peril at End House 1932
13個難題 The Thirteen Problems 1932
十三人的晚宴 Thirteen at Dinner 1933
死亡之犬 The Hound of Death 1933
為什麼不找伊文斯？ Why Didn't They Ask Evans? 1934
東方快車謀殺案 Murder on the Orient Express 1934
李斯特岱奇案 The Listerdale Mystery 1934
帕克潘調查簿 Parker Pyne Investigates 1934
三幕悲劇 Three Act Tragedy 1934
謀殺在雲端 Death in the Clouds 1935
ABC謀殺案 The A.B.C. Murders 1936
美索不達米亞驚魂 Murder in Mesopotamia 1936
底牌 Cards on the Table 1936
尼羅河謀殺案 Death on the Nile 1937
死無對證 Dumb Witness 1937
巴石立花園街謀殺案 Murder in the Mews 1937
死亡約會 Appointment with Death 1938
白羅的聖誕假期 Hercule Poirot's Christmas 1938
殺人不難 Murder is Easy 1939
一個都不留 And Then There Were None 1939
絲柏的哀歌 Sad Cypress 1940
一，二，縫好鞋釦 One, Two, Buckle My Shoe 1940
豔陽下的謀殺案 Evil Under the Sun 1941
密碼 N Or M? 1941
藏書室的陌生人 The Body in the Library 1942
五隻小豬之歌 Five Little Pigs 1942

1943 The Moving Finger 幕後黑手
1944 Towards Zero 本末倒置
1945 Death Comes as the End 死亡終有時
1945 Remembered Death 魂縈舊恨
1946 The Hollow 池邊的幻影
1947 The Labours of Hercules 赫丘勒的十二道任務
1948 Taken at the Flood 順水推舟
1949 Crooked House 畸屋
1950 A Murder is Announced 謀殺啓事
1951 They Came to Baghdad 巴格達風雲
1952 Mrs McGinty's Dead 麥金堤太太之死
1952 They do it with Mirrors 殺手魔術
1953 A Pocket Full of Rye 黑麥滿口袋
1953 After the Funeral 葬禮變奏曲
1954 Destination Unknown 未知的旅途
1955 Hickory, Dickory, Dock 國際學舍謀殺案
1956 Dead Man's Folly 弄假成真
1957 4:50 from Paddington 殺人一瞬間
1958 Ordeal By Innocence 無辜者的試煉
1959 Cat Among the Pigeons 鴿群裏的貓
1960 The Adventure of the Christmas Pudding 哪個聖誕布丁？
1961 The Pale Horse 白馬酒館
1962 The Mirror Crack'd 破鏡謀殺案
1963 The Clocks 怪鐘
1964 A Caribbean Mystery 加勒比海疑雲
1965 At Bertram's Hotel 柏翠門旅館
1966 Third Girl 第三個單身女郎
1967 Endless Night 無盡的夜
1968 By the Pricking of My Thumbs 顫刺的預兆
1969 Hallowe'en Party 萬聖節派對
1970 Passengers to Frankfurt 法蘭克福機場怪客
1971 Nemesis 復仇女神
1972 Elephants Can Remember 問大象去吧！
1973 Postern of Fate 死亡暗道
1974 Poirot's Early Cases 白羅的初期探案
1975 Curtain: Hercule Poirot's Last Case 謝幕
1976 Sleeping Murder 死亡不長眠
1979 Miss Marple's Final Cases 瑪波小姐的完結篇
1991 Problem at Pollensa Bay 情牽波倫沙
1997 While the Light Lasts 殘光夜影

國家圖書館出版品預行編目資料

東方快車謀殺案／阿嘉莎・克莉絲蒂（Agatha Christie）著；陳堯光譯. -- 2版. -- 臺北市：遠流，2010.08

面；　公分. --（克莉絲蒂120誕辰紀念版；2）

譯自：Murder on the Orient Express

ISBN　978-957-32-6671-6（平裝）

873.57　　　　99012880